人妻弁天まつり

橘 真児
Shinji Tachibana

三交社 文庫

目次

※この作品は艶情文庫のために書き下ろされたものです。

第一章　人妻弁天が筆下ろし

1

「祭をやりましょう！」

ここは妻洗町《つまあらいちょう》商工会の会議室。枝嶋光則《えだじまみつのり》の提案に、ふたりの年上女性――澤村千尋《さわむらちひろ》と霧谷瑞希《きりたにみずき》――が、目をぱちくりさせた。

「祭って、なんの祭？」

小首をかしげ、ストレートな問いかけをしたのは千尋のほうだ。

彼女は澤村工務店の奥さん。三十五歳という年齢よりも若く見られがちなのは、頰《ほお》がふっくらした愛嬌《あいきょう》のある面立ちゆえである。

ついでに言えば、からだつきも女性らしく、むちむちして肉感的だ。そのため包容力が感じられ、実際に面倒見がいい。

工務店ゆえ、働く男たちは荒々しい。千尋はそんな彼らに、一歩も引けを取らないそうだ。もっとも、姐御肌《あねごはだ》というよりは、母性でみんなを惹《ひ》きつけていると聞く。

　年下の光則にも穏やかな微笑を見せている千尋とは対照的に、

「ていうか、祭なら商工会が主催してるやつがあるじゃない」

　頭っから必要ないという態度を示したのは、瑞希である。光則の一コ上で二十六歳。小学校と中学校も、妻洗町の同じ公立学校だ。

　いちおう幼なじみになるのだろうか。しかし、決して郷愁を誘う間柄ではない。むしろ因縁めいた仲と言えよう。

　瑞希は、光則を見下したふうに睨《にら》んでいる。眉根《まゆね》を寄せたキツい面差しで。

　これは昔も変わらずで、というか、昔はもっと酷《ひど》かった。年下の少年がおとなしくて従順なのをいいことに、家来のごとくこき使ったのだ。捕まえたカエルを背中に入れられるなど、悪戯《いたずら》で泣かされたこともあった。

　さすがに大人になったから、子供じみた悪さはしない。ただ、基本的な関係性は、今に至るもそのままだ。光則からすればいじめっ子というか、ガキ大将というか、いっそ女ボスと呼ぶべき存在だった。

　なのに縁を切ることなく、こうして一緒にいるのは、同じ商工会に所属しているのに加え、実は瑞希が嫌いではなかったからである。

北関東のはずれに近い、山間《やまあい》の里にある妻洗町は、人口四千人足らず。ひとは少なくても、面積はけっこう広い。

その多くを占めるのは山林だ。次に多いのは農地という、自然の豊かな町である。豊かというか、それしかないとも言える。

昔話に出てきそうな牧歌的な景色ゆえ、初めて訪れたひとびとは、さぞ歴史と伝統のある土地なのだろうと思いがちである。しかし、町の成立はそれほど古くない。ひとが棲《す》み着いたのは、近代になって開墾されたあとのことだ。

ちなみに町名――旧村名の由来は、町の中心を流れる妻洗川に因る。その川の名前は、この地にひとが住みだした頃、女性たちが洗濯や行水をしたことから名付けられたと、妻洗町史の最初に書かれていた。

歴史が浅いから、史跡の類《たぐ》いはほとんど見当たらない。もともと信心深くない人間が移り住んだのか、神社仏閣もなかった。葬儀のときには、隣の市から坊さんたちが駆けつける。

よって観光資源は、風光明媚《ふうこうめいび》な景色のみだ。

国内の他の地方自治体と同じく、妻洗町も人口減と、少子高齢化の問題を抱えている。その傾向は、光則が子供の頃からすでにあった。学校も小さかったし、土地柄なのか、三対一の比率で女子が少なかった。

そのため、たとえ年上でも女ボスでも、かまわれるだけで光則は嬉《うれ》しかった。自分から女の子に声をかけられない、シャイな性格だったために。

それに、言動はともかく、瑞希は見た目だけなら愛らしい少女だった。これまで光則が出会った中でも、五本の指に入るぐらいに。大人になった今は、表情こそキツめでも、一段と綺麗《きれい》になっていた。

一方、光則はといえば、さすがに異性の前で臆《おく》したり、モジモジしたりなんてことはなくなった。ただ、好きな子がいても告白できないのは変わらずだ。一浪して東京の大学に進学したあと、向こうで彼女ができたのは、ほとんど奇跡と言ってもよかったろう。

とは言え、光則から告白したわけではない。彼女は同じ学科の同級生で、何が気に入ったのか、向こうから付き合おうと言ってきたのだ。

かくして始まった交際は、たったの三ヵ月で終わりを迎えた。求められるままキスをしただけで、それ以上関係が深まることなく別れた。いや、捨てられたのだ。おそらく、強く出られない気弱な性格に愛想を尽かされて。

その後は大学在学中も、昨年の春、卒業して故郷に戻ったあとも、親密な間柄の異性はいない。つまり、二十五歳にして未《いま》だ童貞である。

今回、千尋と瑞希を前にして、祭をやろうと提案したのは、己の気弱な性格を改めたいからであった。加えて、妻洗町商工会の青年部代表として、使命感に駆られたためもある。

もうひとつ、個人的な理由もあるが、それはこの場で言うべきことではない。

「おれが言っている祭は、ただの町内のイベントじゃなくて、たとえばねぶた祭とかだんじり祭とかの、伝統と格式にのっとった祭のことです」

光則の主張に怪訝《けげん》な面持ちを見せたのは、人妻の千尋だった。

「それこそ無理じゃなくって？」

「どうしてですか？」

「だって、そういう祭は神社の神事とか、伝統行事があってこそできるんじゃないの？　わたしの地元でも祭はあったけど、みんな神社に集まって、神輿《みこし》を担いだり演舞を奉納したりしてたわ」

千尋は県内の都市部に近いほうから、妻洗町に嫁入りした。嫁ぎ先の工務店は義父が会長で、夫が社長である。

ふたりとも従業員と一緒に現場に出ているため、彼女は経理などをして留守を守る役割だという。商工会にも会社代表で出席し、女性部に所属していた。

ちなみに、この場に同席している瑞希は、商工会の事務職員——経営支援員である。県内の商業系の短大を卒業したあと、ここに就職した。会員が少ないため、女性部にも加わっている。

町内の商店や事業所は、人口減に伴い減少傾向にある。商工会の会員も、若者と女性が少ない。四十歳以下の青年部など、光則ひとりだけだ。

そのため、青年部と女性部は、活動を共にしていた。今日は定期会合の日だったのだが、出席者が少なく、彼ら三人だけである。女性部は他にもメンバーがいるのに。

ともあれ、

「だけど、この町にはそういうのってないじゃない。神社もお寺も、昔から伝わるような芸能もないし。盆踊りだって、町とは全然関係ない民謡を流してるぐらいだもの」

おっとりした口調ながら、千尋が事実をズバリと指摘する。工務店の荒っぽい社員たちも、彼女には頭が上がらないと聞くから、見た目の印象以上にしっかりしたひとなのだ。

「だから、それをこれから作るんですよ」

光則はここぞとばかりに身を乗り出した。

「作るって……」

「無茶なこと言うわね」

千尋に続き、瑞希もあきれた顔を見せる。この反応は想定内だ。

「いいですか。どれだけ歴史や伝統がある祭でも、必ず最初があるんです。だから、今後妻洗町の伝統になっていく祭を、おれたちが始めるんですよ」

我ながらいいことを言ったと、光則は得意になっていた。ところが、ふたりともきょとんとしていたものだから、気を殺《そ》がれてしまう。

しかし、この程度のことで諦《あきら》めるわけにはいかない。自分のためだけではなく、妻洗町のためにも。

「とにかく、これから旅行に出かけるひとが増える今こそ、祭を企画して大勢の観光客を呼べば、町の活性化にも繋《つな》がるはずなんです」

世界的に流行したウイルスが収束を迎え、ひとびとの生活が元に戻りつつあった。妻洗町は感染者こそほとんどいなかったが、生活面での影響がなかったわけではない。例年どおりの活動は難しく、様々な催しで制限がかけられた。

国内のどこもかしこも、外食や旅行、イベントなどで自粛を強いられてきたわけである。そのぶん、これから経済活動が活発になるはずだ。この機を逃すべきではないと、光則は考えたのである。

「枝嶋君の言いたいことはわかるんだけど、ゼロからそういうお祭を企画するっていうのは、かなり難しいんじゃないかしら」

千尋が疑問を口にする。そこは是非とも訊《き》いてもらいたかった点だ。

「まったくのゼロからだと、確かに難しいでしょう。まずは社とか神様とか、祭の中心になるものが必要ですから」

「まさか、神社でも建てようっていうんじゃないでしょうね?」

しかめっ面をこしらえたのは瑞希だ。年下の幼なじみの提案を、端《はな》っから相手にしていないことが窺《うかが》える。

「建てる必要はありません。打ってつけのものがあります」

「え、どこに?」

「枝嶋弁天です」

光則の回答に、千尋が怪訝な面持ちを見せる。

「それなあに?」

その問いかけにかぶせるように、

「バッカじゃないの⁉」

瑞希が罵倒《ばとう》した。

「あんなくだらないものが、今さら役に立つと思ってるの？」

そこまで言うのだから、彼女もあれを知っているのだ。おそらく、成り立ちも含めて。

「まさか、あんたのひいじいさんを、神様として祭り上げようっていうんじゃないでしょうね」

「そんなことしませんよ」

光則はムッとした。険悪な雰囲気を感じ取ったか、千尋が割って入る。

「その、枝嶋弁天って何なの？　わたしは知らないんだけど」

質問され、光則が答えるより先に、

「千尋さんは、余所《よそ》から来たから知らないんですよね。まあ、知らなくて当然なんですけど」

瑞希が憤慨の面持ちで説明した。

「でんでん山の中腹ぐらいに、ちょっと開けたところがあって、そこに古いお堂があるんです。光則のひいじいさんが建てたやつが。で、中には金ぴかで趣味の悪い、弁天様が置いてあるんですよ」

言葉のチョイスに悪意が見受けられるものの、大まかには正しかった。でんでん山というのは、太子山《たいこやま》が正式な名前である。太子が太鼓と同音であることから、その通称が根付いたのだろう。

そこにある枝嶋弁天は、瑞希が言ったとおり、光則の家が関《かか》わっていた。

枝嶋家の家業は酒屋である。その名も「枝嶋酒店」。いずれ光則が継ぐ予定だが、まだ両親も祖父母も健在なので、今は配達や店番が主な仕事だ。商工会の会合にも、親に代わって出席している。

枝嶋酒店は、かつては県内の酒蔵と直接取引をし、販売を一手に引き受けるなど、手広く商売をやっていた。曾祖父《そうそふ》の代がそのピークで、金貸しをするほどに羽振りが良く、山林や農地などの資産もかなり持っていた。自分の田んぼで酒米を作らせ、酒蔵に卸したときもあったという。

曾祖父は町議を務めるなど、村の名士でもあった。ただ、調子に乗りやすい性格だったと、光則は祖父母に聞かされた。後先考えずに行動し、せっかくの資産を食い潰《つぶ》すほどに。

その最たる例が、でんでん山の枝嶋弁天である。

町に名所がないのをもの足りなく感じていた曾祖父は、だったらこしらえればいいのだと、自身の所有する山林を切り開き、土地をならしてお堂を建てた。その中に安置したのが、金色の弁天像である。

日本国内には、個人が建立した仏像や救世主像、それらを安置したお堂や庭園があちこちに存在する。中には巨大な観音様や仏像群など、ランドマークとして有名なものもある。資産家が己の趣味で作ったものも少なくなく、枝嶋弁天もその類いだ。

完成した当初は、相応に話題になった。だいたい金色のものはひと目を惹くものである。近隣の町村ばかりか県内のあちこちからも、弁天像を拝みに来る者がいたらしい。光則が生まれる前の話である。

ところが、他に見るべきものが町にはなく、一尊の弁天像のためだけに、何度も足を運ぶ物好きなどいない。由緒ある像でもないし、一度拝見すれば充分であろう。時間が経つと、ひと足はぱったり途絶えた。

そして、光則が物心ついた頃には、すっかり忘れられた存在と成り果てていたのである。

かなりの財産を投じた枝嶋弁天が、さしたる収入にも結びつかず廃《すた》れたため、枝嶋酒店の隆盛も頭打ちとなった。酒蔵との取引も、他の流通業者が参入したことから独占できなくなり、事業規模も縮小された。

かくして、祖父の代には普通の酒屋となり、現在は店の名称こそ同じでも、食料品も扱う近代的なリカーショップへと様変わりしていた。かつて所有していた山林もほとんどを売却し、田畑は自家消費分だけを残して、あとは町内の農家に貸している。

枝嶋弁天のある山は、今でも枝嶋家の所有である。売ろうにも、弁天像のお堂があっては引き取り手がない。ならば取り壊せばいいのだが、そんなことをしたら罰が当たりそうで、手出しできずにいるのが現状だった。

ならば、いっそあれを利用すればいいと、光則は考えたのである。

「あら、そんなものがあったの？　知らなかったわ」

千尋は初耳だったらしい。彼女が嫁いできたときには、枝嶋弁天は完全に過去の遺物であったし、話題にのぼるような代物ではないのだ。

「知らなくていいんです、あんなもの」

瑞希が吐き捨てるように言う。どうしてそこまで毛嫌いするのか、光則にはわからなかった。

（おれのひいじいさんに恨みでもあるのか？）

だが、曾祖父は、彼女が幼い頃に亡くなっている。家同士で諍《いさか》いがあったなんて話も聞いたことがない。おそらく、未だに光則を下に見ているから、坊主憎けりゃのことわりどおり、枝嶋家に関わることすべてを蔑《さげす》んでいるのだろう。

「弁天様ね……七福神の中で唯一の女性だし、親しみも持てるから、お祭のシンボルとしてはいいかもしれないわね」

千尋はかなりの好感触で、光則の提案にも賛成のようだ。なのに、瑞希が真っ向から反論する。

「あんなのに親しみなんて持てませんよ。とにかく趣味が悪いんですから」

「金ぴかだから？　でも、そのほうが見栄えがいいんじゃないかしら」

人妻が合点のいかなそうな顔を見せる。

「それだけじゃないんですよ。あの弁天像は――」

言いかけて、瑞希が口をつぐむ。気まずげに目を泳がせてから、光則を睨みつけた。

「あんたが説明しなさいよ。自分のとこのやつでしょ」

と、苛立《いらだ》ちをぶつけてくる。

「なんだっておれが」

押しつけられた光則が躊躇《ちゅうちょ》したのは、弁天像の佇《たたず》まいについて、口に出しづらかったからである。一般的な、琵琶《びわ》を演奏する坐像《ざぞう》ではなかったから。

「まあいいわ。だったら、一度そこに連れてってちょうだい。本当に祭が企画できそうか、現物を見て決めたいわ」

千尋にそこまで言われて、瑞希も反対できなくなったようだ。不機嫌そうに顔をしかめながらも、渋々というふうにうなずく。

「それじゃ、さっそく行きましょ」

にこやかに告げられ、光則は気持ちが浮き立った。これで計画のスタートラインに立てたのだ。

2

瑞希は事務の仕事があるため行けないというので、光則は千尋とふたりで現地へ向かうことになった。

公共の交通機関が不足している地方では、自家用車がないと生活できない。妻洗町もほとんどの町民が、男女を問わず免許を所有している。高齢で運転する者も珍しくなかった。

そのため、近距離でも歩かずに車を出す。

商工会の建物は、町役場と同じ並びにあった。町の中心を通る県道に面しており、枝嶋酒店も同じく県道沿いだ。距離はここから一キロほど。

澤村工務店は県道から離れるものの、距離的には枝嶋酒店とさほど変わりがない。そして、ふたりとも徒歩ではなく自家用車だった。

「じゃあ、おれの車で行きましょう」

光則の提案に、千尋は「そうね」と了承した。車二台を出すまでもないし、行き先までのルートを彼女は知らないのだ。

枝嶋酒店の名前と電話番号が書かれたボックスタイプのミニバンは、配達に使うものである。彼女を助手席に坐《すわ》らせてから、光則は運転席に乗り込んだ。

（え？）

ドアを閉めるなり、甘い香りがしたものだから戸惑う。それが人妻のかぐわしさだと気がつくのに時間がかかったのは、今まで一緒にいたからだ。商工会の会議室では、こんな匂《にお》いに気づかなかったのに。

もっとも、会議室はそれなりの広さがあるし、換気のため窓も開けていた。向かい合ったふたりのあいだのテーブルもけっこう大きめで、今よりも距離があったのだ。

（女のひとって、やっぱりいい匂いがするんだな）

異性との交流があまりないものだから、この程度のことでもときめいてしまう。千尋は人妻で、十歳も年上であることなど都合よく忘れて。

いや、たとえ人妻でも、光則には眩《まぶ》しすぎた。ふたりっきりになって、意識したせいもあるのかもしれない。

彼女はジーンズにオーバーサイズのシャツをまとっている。普段もこういうラフな装いが多い。

そして、シートベルトを締めたことで、たすき掛けになったベルトが胸のふくらみを強調していたのである。

（お、おっぱいが――）

千尋が女性らしいからだつきであるのはわかっていた。ジーンズが窮屈そうなヒップラインや、半袖になったときの、ふくふくした二の腕からも。

けれど、巨乳だというのは初めて知った。上半身のラインがわかる服を、彼女はあまり着なかったのだ。

もしかしたら、胸の大きさを知られたくないのかもしれない。田舎では時代遅れのセクハラ発言が普通にあって、男たちにからかわれるのが日常だから。

おっぱいに目がいったことで、他のところも気に懸かる。シートに腰かけた下半身、太腿《ふともも》のむっちり具合が、着衣でもセクシーに映った。

（て、何を考えてるんだよ）

これから神様のところへ行くのだ。煩悩を打ち払い、車をスタートさせる。

光則がすぐさま千尋に話しかけたのは、黙っていたら気まずくなりそうだったためだ。性的な目で見てしまったあとだから。

「澤村さんはでんでん——太子山のほうに行ったことはないんですよね？」

目的地の枝嶋弁天へ行くには、町の中心部を出て北に進み、二キロほど行った先にある集落の手前から脇《わき》に入るのである。林道が整備されているので、そこからお堂があるところまでは、車で十分もかからない。他に、ふもとから歩いて登る近道もあった。

ただ、太子山はふもとにしか民家がない。知り合いが近くにいなければ、まず訪れることはあるまいと思って確認したのだ。

「千尋でいいわ」

質問とまったく関係のないことを言われて面喰《めんく》らう。

「え？」

「枝嶋君、わたしのことを苗字《みょうじ》で呼んでるけど、もうだいぶ仲良くなったんだし、そろそろ下の名前で呼んでほしいんだけど」

光則が商工会の会員として活動するようになって、一年以上経つ。千尋はその前からの会員で、会合でたびたび会っていた。

では、名前で呼べるほど親しいのかと言えば、大いに疑問ありだ。たわいもない話ができる間柄ではあるけれど、仲良くなったというほどではない。

なのに、どうしていきなりそんなことを要求したのか。光則はさっぱりわからなかった。

「だけど、おれは年下だし、名前で呼ぶなんて生意気じゃないでしょうか」

ためらいがあることを伝えると、助手席の人妻がかぶりを振る。

「ちっとも生意気じゃないわ。むしろ、それだけ慕ってくれてるんだなって思えて、うれしいぐらいだけど」

「でも……」

「瑞希ちゃんは初対面のときから、わたしを名前で呼んでるわよ」

それは女同士だからであって、男と女だとニュアンスが異なる。光則が困惑していると、千尋がふうとため息をついた。

「ホントのことを言うと、あまり苗字で呼ばれたくないの。だって、澤村はダンナの姓だもの。そりゃ、嫁に来たのは間違いないけど、ずっと義実家の姓で呼ばれてると、何だか気が滅入っちゃうのよ」

世に夫婦別姓を求める声が増えているのは、光則も知っている。彼女も夫のものではなく、もともとの姓を名乗りたいのだろうか。

（まさか、旦那《だんな》さんとうまくいってないんだとか）

姓を名乗りたくないほど、夫に嫌気が差しているのか。

想像して、光則は困ったぞと思った。夫婦のこれからに関わる、深刻な話題を聞かされた気がしたのだ。

そんな内心を察したかのように、千尋が明るく訊《たず》ねる。

「ねえ、ヘンなこと考えてない？」

「え？」

「わたしがダンナとうまくいってなくて、旧姓に戻りたがってるみたいな」

図星だったからどぎまぎする。それでも肯定するわけにはいかず、「そうなんですか？」と訊き返した。

「まさか」

彼女は一笑に付した。

「わたしが名前で呼ばれたいのは、澤村家の嫁としてじゃなくて、ひとりの人間っていうか、女として見られたいからなの」

そういうことかと納得しつつ、背中がムズムズする。「女」という言葉が、やけに生々しく聞こえたからだ。

「だから、枝嶋君にも名前で呼んでほしいの」

「わ、わかりました」

光則は軽く咳払《せきばら》いをし、

「千尋さん――」

喉《のど》に引っかかりそうだった名前を、どうにか口に出した。

「よくできました」

千尋がパチパチと手を叩《たた》く。冗談っぽく受け止めてくれて、気持ちがすっと楽になった。

「枝嶋君も、下の名前で呼ばれたい？　光則君だっけ」

「いや、おれはいいです」

互いにそんなふうに呼び合ったら、親密すぎると関係を疑われるかもしれない。

「でも、澤村さ――千尋さんが、旦那さんとうまくいっているのなら安心です」

言ってから、僭越《せんえつ》すぎたかなと反省した。ところが、

「んー、うまくいっているとは言い難いんだけどね」

彼女が沈んだ声音で答えたものだからドキッとする。隣を窺うと、ぼんやりした面差しが正面の景色を見つめていた。

事情を訊ねていいものかと、光則は躊躇した。いや、このまま聞かなかったことにしたほうがよさそうだ。

そう思ったのに、つい気になったものだから、

「旦那さんと喧嘩《けんか》でもしたんですか？」

と、当たり障りのない質問をした。

「してないわ。何も」

やけに意味ありげに聞こえたのは、「何も」という言葉を強調していたからだ。

妙に引っかかるものの、どう訊ねればいいのかわからない。ここでやめたほうがよさそうだと思ったら、千尋のほうから打ち明けた。

「ウチはダンナもお義父《とう》さんも呑兵衛《のんべえ》でね、仕事を一所懸命するのは、お酒を美《お》味《い》しく飲みたいからなのよ」

光則も帰郷して以来、配達の他に農作業も手伝うなど、肉体労働が中心だ。よって、彼女の夫や義父の気持ちはよくわかる。疲れて汗をかいたあとのビールは格別なのだ。

ところが、そんな澤村家の男たちに、千尋は不満があるようだ。

「飲みすぎるんですか?」

「んー、それなりの量は飲むけど、ふたりとも強いし、限度も知っているから、翌日まで残るような飲み方はしないわ」

「だったらいいじゃないですか」

「そのぶん、飲んだ夜は、他のことが何もできないのよ。酔っ払って眠ったら、朝までぐっすり」

やれやれというふうに肩をすくめる。それのどこが悪いのか、光則はさっぱりわからなかった。

「ていうか、枝嶋君が祭をやりたいのは、おうちの商売のためなんでしょ？」

唐突に話題を変えられ、光則は焦った。思わずハンドルを関係ない方向へ切りそうになったのは、企《たくら》みを見抜かれたからである。

「し、知ってたんですか？」

動揺して訊き返したことで、事実だとバレてしまう。千尋が「やっぱりね」とうなずき、光則はしまったと悔やんだ。

指摘されたとおり、祭を提案したのは、家業と密接に関係していた。

賑《にぎ》やかな催しと酒は、切っても切れない。よって、祭をやれば、店の売上アップが見込めるという目論見《もくろみ》があったのだ。

会議室で瑞希が言った、商工会主催の祭は、光則が子供の頃から開催されていた。メインは商店主が中心となって出される屋台で、出し物と言えばカラオケやゲーム大会ぐらいである。かつては、歌手や芸人がステージに招かれたこともあったそうだ。

そういうどこにでもありそうなイベントでも、アルコール類がかなり売れるのである。祭の日は、枝嶋酒店は朝から大忙しで、光則も中学高校のときは手伝わされた。

ウイルス禍のときも規模を縮小して行われたが、それでもビールや日本酒、缶酎ハイが大いに売れた。自粛期間中だからこそ、せめてこんなときぐらいはと飲みたくなった人間が増えたからだろう。

また、大学時代の友人には、こんな話を聞かされた。彼の郷里にも伝統的な祭があって、そのときには準備段階から、出し物の練習で集まった若い衆が酒を飲むのだと。

つまり、本格的な祭が行われれば、枝嶋酒店はますます繁盛するのである。

「いや、ウチだけじゃなくて、町のことも考えたんですよ。少しでも観光客が増えるようにって」

弁明すると、人妻が「もちろんわかってるわ」と言う。

「枝嶋君は、青年部に入ったときから真面目《まじめ》に頑張ってたもの。わたしは信頼しているわよ」

褒められて、安心する。もっとも、言われるほど立派ではないと、気恥ずかしさもあった。邪《よこしま》な企みが露呈したあとだから、尚《なお》のことに。

「だけど、そういう祭があると、ウチのダンナたちは大はしゃぎで飲んで、酔い潰れるのよね」

やり切れないという顔を見せられ、光則は戸惑いを隠せなかった。

（そんなに飲んでほしくないのかな？）

仕事に支障はなくても、からだを心配しているのだろうか。

詳しく訊いてみたい気もしたが、車はすでに山の林道を上っている。もうすぐ現地に到着するはずだ。

その件は車を降りてからにしようと、光則は運転に集中した。道が狭いし、ガードレールもないから、油断したら危ないのだ。

間もなく、山腹が大きく開けたところに出た。

「ここです」

車を停《と》め、外に出る。

「あら、けっこう広いのね」

千尋が感心した面持ちであたりを見回した。

林を背にしているのは、木と漆喰《しっくい》のお堂だ。外観はわりと立派で風格もあり、その前は広場になっていた。鳥居や参道こそなくても、広場を囲むように灯籠《とうろう》が並んでいるから、いかにもお寺や神社の境内という眺めである。

「え、いいじゃない」

彼女が声をはずませたのは、お堂があるほうとは反対側の景色を目にしたからだ。そこから町の中心部と、さらに向こうまでが広く見渡せたのである。

「こんなに眺めのいい場所があったなんて、知らなかったわ」

感動の面持ちに、喜んでもらえてよかったと思う反面、光則は千尋ほど心を動かされていなかった。ここへは何度か来ていたし、見えるのも自分が暮らしている町だから、ごく当たり前の景色だと感じていたのだ。

おそらく、彼女は余所から嫁いだために、眺め下ろす町が新鮮に映ったのであろう。

「ここで祭をしたら、町のひとたちも感動するんじゃないかしら」

「そうでしょうか？」

「きっとそうよ。うん、いい場所だわ」

理由はともかく気に入ってもらえて、光則は安堵《あんど》した。これで千尋は味方になってくれるはず。

「ここに来るのって、さっきの道しかないの？」

「いいえ。下から歩いて上がってこられる道があります。ちょっと坂道なんですけど、急なところはちゃんと階段があって、車で来るより早いと思いますよ」

「ああ、そういうのもいいわね。山道を登ってきたらお祭をやってるなんて、ロマンチックじゃない」

彼女の頭の中には、祭当日の絵が浮かんでいるようだ。

「だけど、誰《だれ》も来ていないわりに綺麗なのね。雑草もないし」

「おれが草刈りをしたんです。見てもらうのに、ちゃんとしておいたほうがいいと思って」

もちろんお堂の中も掃除したし、弁天像も磨いてある。見栄えをよくして、祭に賛成してもらうために。

「じゃあ、弁天様も見せてちょうだい」

「はい」

ふたりはお堂の前に進んだ。

観音開きの扉は、施錠などしていない。開けるときにわずかな軋《きし》みがあったぐらいで、スムーズに全開された。これも光則が、事前に油を差しておいたおかげである。

「あら、素敵じゃない」

中を見るなり、人妻が目を輝かせる。

お堂は床がコンクリートで、奥側半分が祭壇になっている。中央に鎮座しているのが枝嶋弁天で、その左右にはおまけみたいに、他の七福神が並んでいた。大きさは弁天の半分もないし、金ぴかでもない。

枝嶋弁天は、高さが二メートルほどもあった。坐像でそれだけの高さがあるから、存在感はかなりのものだ。

もちろん純金ではなく、金箔《きんぱく》である。木彫りの像は全体に煤《すす》けており、ところどころ剝《は》げて地が出ていた。むしろそれが味になっており、歴史があると見えなくもない。

「なるほど、他の弁天様とは違うわね」

千尋が納得したふうにうなずいた。弁天はどちらかと言えば華奢《きゃしゃ》なイメージなのに、この像は豊満な女らしいからだつきだったのだ。

さらに、枝嶋弁天が抱えているのは琵琶ではない。赤子である。しかも胸元をはだけ、たわわな乳房の吸口を含ませていた。

もう片方は衣で隠されているから、おっぱい丸出しではない。それでも、見ようによってはエロチックであろう。

「弁天様って、子供がいるんだっけ?」

千尋に訊かれ、光則は「さあ」と首をかしげた。

「ひいじいちゃんが、こういうふうにしてくれって、彫り師の方に頼んだらしいです」

「ふうん。あ、だから、あの掛け軸が下がっているのね」

お堂の奥の壁には、掛け軸が三幅掛かっている。真ん中には「枝嶋弁天」と名前が書かれ、左右の書は「子孫繁栄」と「豊年満作」である。

「赤ちゃんを抱っこしてるし、カラダもむちむちだから、いかにもそういう感じよね。だけど、弁天様って、もともとそういう神様だったかしら?」

「調べたら、音楽と智恵と財物の神様でした。まあ、この掛け軸は、あくまでもひいじいちゃんの解釈ですので」

「正式な神社でもないし、べつにいいのかしらね。これはあくまでも枝嶋弁天だし、ナントカ小町みたいな意味で名前を借りたことにすれば」

ひとりうなずいた千尋が、お堂内を改めて見回した。

「そうね……もうちょっと賑やかな飾りをすれば、お祭に相応《ふさわ》しい感じになりそうだわ。あとは外に舞台をこしらえて、音曲を奏でるとか。あ、神輿を出して、町内を練り歩いてからここに戻ってきたらいいんじゃないかしら。それから屋台を出して――」

と、様々な青写真を披露する。商工会の祭でも中心になって動いていたから、催し事が好きなのかもしれない。

「うん、わたしはいいと思うわ。枝島弁天の祭に賛成よ」

笑顔で言われて、光則は百人の仲間を得た気になった。

「本当ですか。ありがとうございます」

深々と頭を下げると、千尋がかぶりを振る。

「お礼を言うのはまだ早いわよ。企画書を作って、商工会の上のひとたちの了承も得なくちゃいけないんだから。あと、できれば町の協賛もほしいわね」

「協力してもらえるでしょうか?」

「宗教絡みじゃないし、町も乗っかりやすいと思うわ。あと、婦人会にも声をかけましょ。この祭は、女性が中心になったほうがいいと思うから」

「どうしてですか?」

「だって、弁天様のお祭だもの」

言われて、なるほどとうなずく。そうすると、神輿も女性たちが担ぐことになるのだろうか。

（うん、華やかでいいかも）

想像し、光則も浮き浮きしてきた。

「ただ、祭の名前に枝嶋って入れちゃうと、個人の主催みたくなっちゃうから、名称は妻洗弁天祭かしらね」

「はい、それでいいと思います。あ、いっそ掛け軸の文字も、『妻洗弁天』にしましょうか」

「え、そんなことしていいの？」

「はい。ウチは全然かまいません。ここを持て余していたぐらいですので、むしろ役に立てるのならうれしいです」

この場所を祭に使いたいというのは、祖父母や両親にも話してあった。町のために使われるのならと、みんな大賛成であった。

「ひいじいちゃんも、草葉の陰で喜んでると思います」

「じゃあ、是非成功させなくちゃね」

激励の言葉に、光則は「はい」と返事をした。よし、やるぞと、胸に意欲を漲《みなぎ》らせて。

3

「そう言えば、枝嶋君と瑞希ちゃんって、幼なじみなんだよね」

話題があさっての方向に飛んだものだから、光則は戸惑った。どうしていきなり瑞希の話が出てきたのか、疑問を覚えつつも、

「幼なじみっていうか、まあ……そういうことになると思います」

と、曖昧《あいまい》に答える。自分でも、どう言い表すのが正解なのか、わからなかったのだ。

「瑞希ちゃん、枝嶋君にはいつもキツい言い方をしてるけど、昔からなの？」

「ええ、はい」

「いつケンカになるのかって、ちょっとハラハラしてたんだけど、枝嶋君が当たり前に受け流してるのは、慣れてるせいなのね」

瑞希は年上でも可愛《かわい》いし、何をされても嫌いになれなかったなんて、さすがに打ち明けられない。「そうですね」とうなずく。

「羨《うら》ましいわ」

「え、おれがですか？」

「ううん、瑞希ちゃんが。遠慮しないでものを言える相手がいるんだもの」

心からそう思っているとわかる面差しに、光則は人妻の内心を慮《おもんぱか》った。

（お嫁さんだと周りはみんな他人だし、自由がなくて苦労しているのかも）

千尋はいつも穏やかで優しく、陰の部分は少しも窺えない。けれど、他に見せないだけで、実は悩みが多いのかもしれない。でなければ、瑞希のことを羨ましいなんて思わないだろう。

「ところで、枝嶋君自身は、こういう女性がタイプなの？」

またも話が変わって、光則は目をしばたたかせた。

「え、こういうタイプって？」

「この弁天様みたいに、豊満な女性」

興味津々という眼差《まなざ》しを向けられて、言葉を失う。まったくもって理解不能な質問であった。

しかし、考えてみれば、彼女とふたりっきりになるのはこれが初めてだった。

せっかくの機会だと、個人的なことを知ろうとしているのではないか。

魅力的な女性から興味を持たれるのは、男として悪い気はしない。たとえ人妻であっても。

だからと言って、女性の好みを話すなんて恥ずかしい。そもそもお付き合いをした経験が少ないし、選べるような立場ではないのだ。

「……特に好きなタイプっていうのはないですけど」

慎重に答えると、千尋が首をかしげる。

「だけど、弁天様をこういうデザインにしたんだから、ひいおじいさんは豊満な女性がタイプだったんでしょ?」

「ええと、たぶん」

「だったら、枝嶋君もそうなんじゃないの?」

女性の好みが遺伝するなんて話は聞いたことがない。

「いや、おれはそこまでじゃ」

「ホントに?」

訝《いぶか》るふうに眉根を寄せた人妻が、何を思ったかシャツのボタンをはずしだす。

(え、なんだ!?)

予想もしなかった展開に、光則は固まった。どうすることもできずに見守る目の前で、シャツが大胆にはだけられる。

彼女が下に着けていたのは、丈の短いキャミソールだ。淡い水色のそれも、躊躇なくめくり上げられた。

「ほら、どう？」

得意げな声とともにあらわにされたのは、白いブラジャーが包む乳房だ。おしりの割れ目みたいに谷間がくっきりなのは、それだけボリュームがあることの証《あかし》であった。

（わわわ）

光則は焦りまくった。

女性のあられもない姿など、画像や映像でならいくらでも見たことがある。ネットの無修正動画で、公にできない部分の佇まいも知っていた。

それと比べれば、下着姿など大したことはない。にもかかわらず、何も言えないほどの衝撃を受けたのは、モニター上の虚像ではなく、ナマ身の女性だったからだ。しかも、ついさっきまで普通に言葉を交わしていた知り合いである。

それゆえに信じ難く、尚かつ目眩《めまい》がするほどに生々しい。喉がやたらと渇き、何度も唾《つば》を呑《の》み込んだ。

動けずにいる年下の男の前に、千尋が進み出る。

「どうしたの？　これぐらい、大したことないでしょ？」

悪戯っぽい目で見つめられ、ようやく我に返る。だが、熟れ肌の甘ったるい匂いを嗅《か》いだことで、ますます落ち着かなくなった。

「い、いや、あの」

「枝嶋君、東京の大学に行ってたんでしょ。あっちでいっぱい女の子と遊んだんじゃないの？」

本当にそう思っているのだとしたら、買いかぶりもいいところである。何しろ、たったひとりと付き合い、キスをしただけなのだ。恥ずかしくて、とても本当のことは言えない。

すると、彼女がニコッと笑う。

「やっぱり違うわね。枝嶋君は真面目だし、好きな子がいても告白できなさそうな感じだもの」

年上の余裕からか、気弱な内面をしっかり見抜いていたのだ。だったら、どうしてこんな試すような真似《まね》をしたのか。

「ひょっとして、童貞なの？」

ストレートな質問に、光則は絶句した。

違うと否定したところで、バレるわけがない。なのにできなかったのは、根が正直者のせいだろう。だからこそ、祭を提案したのは実家の酒屋のためであることも、指摘されて素直に白状したのだ。

そして、否定しなかったために、そのとおりだと見抜かれてしまう。

「やっぱりね」

満足げにうなずかれ、情けなくてたまらない。耳がやたらと熱かった。

千尋がずり上げていたキャミソールを下ろす。からかわれたんだなとぼんやり思ったとき、彼女の右手が素早く動いた。光則の股間《こかん》目がけて。

「あ、ちょっと——」

声を上げ、反射的に腰を引く。けれど間に合わず、ズボン越しにペニスを握られてしまった。

「うあ、あ、ううう」

甘美な波が背中を伝い、膝《ひざ》が震える。

「よかった。ちゃんと大きくなってくれたのね」

人妻が嬉しそうに白い歯をこぼす。しなやかな指が捉《とら》えた牡《おす》器官は、セクシーな眺めに反応し、膨張していたのだ。

「だ、駄目です、こんなの」

抵抗の声も弱々しい。初めて他人に性器をさわられたのだ。しかも、チャーミングな人妻に。

（嘘《うそ》だろ……）

直《じか》に握られたわけでもないのに、どうしてこんなに快いのだろう。おかげで、海綿体がいっそう充血する。ビクンビクンと脈打ちながら、ブリーフの中で雄々しく伸びあがった。

「え、すごい」

千尋が目を丸くする。そのくせ、もっと大きくなりなさいとばかりに、牡の高まりを揉《も》んだのである。

「あああ、駄目」

息が荒ぶる。時間をかけることなく、光則は完全勃起《ぼっき》した。

「ち、千尋さん」

羞恥《しゅうち》にまみれて名前を呼ぶと、濡《ぬ》れた瞳《ひとみ》が見つめてくる。

「ねえ、わたしとしたい？」

それが純粋な質問なのか、それとも誘いの言葉なのか、女性経験のない光則には、まったく区別がつかなかった。

ふたりはミニバンに戻った。千尋がそうしましょうと促したのである。けれど、運転席と助手席には坐らず、後部ドアを開ける。

配達に使うため、後ろはシートを畳み、荷物のスペースを空けてあった。平らになるようボードを置いて、その上に傷防止のカーペットも敷いてある。

ふたりはそこで横になった。脚を伸ばせるだけの広さがあったのだ。

「ねえ、キスをしたことはあるの？」

横臥《おうが》して向き合うと、掠《かす》れ声で問いかけられる。光則は「はい」とうなずいた。

本当のことだから、すぐに答えられた。

「わたしともキスしたい？」

「……はい」

返事に少し間があったのは、彼女の夫に悪いと思ったからだ。それに、狭い町でこんなことが他に知られたら、まずい事態になるともわかっている。

だが、募る欲望には抗《あらが》えなかった。

「どうぞ」

ぷっくりした蠱惑的《こわくてき》な唇が差し出される。千尋は瞼《まぶた》を閉じており、こちらにすべてを任せているのだ。

（ええい、勇気を出せ）

光則は自らを叱《しか》りつけた。

ここで何もしなかったら、彼女に恥をかかせることになる。それだけは避けねばならない。何より光則自身が、キスをしたくてたまらなかったのだ。

熟女の甘いかぐわしさにも惹かれ、顔を近づける。狙《ねら》いを定め、あと一センチというところで瞼を閉じた。

ふに――。

柔らかなものがひしゃげる感触。途端に、全身がカッと熱くなった。

（おれ、千尋さんとキスしてる！）

大学時代、当時の彼女にせがまれてしたときよりも、光則は感動していた。あのときは戸惑いが大きかっただけで、実感もあまりなかったのだ。

今は心臓が壊れそうに高鳴っている。頭もボーッとしてきた。

すると、千尋が背中に腕を回してくれる。優しく抱かれ、光則はうっとりした気分にひたった。

くちづけと抱擁だけで、人妻と深い関係になれた心地がする。しかし、こんなものは序の口であると、他ならぬ彼女に教えられた。

(え――)

光則は驚いた。唇を割って侵入してきたものがあったのだ。

キスのときに舌を入れることぐらい知っている。しかし、大学時代の彼女としたときには、ただ唇を重ねただけだった。向こうはもっと深い繋がりを望んでいたのかもしれないが、そこまでする勇気がなかったのである。

よって、舌を受け入れたのは、これが初めてだ。

そこまで積極的になられたら、男として応じなければなるまい。光則は自分のものを怖《お》ず怖《お》ずと差し出した。

ふたつの舌が、遠慮がちに戯れる。チロチロとくすぐり合うと、そこから甘美な電気が流れるようだった。

(これが本当のキスなのか)

光則も柔らかなボディに腕を回し、しっかりと抱き合ってくちづけを交わした。甘くてトロッとした唾液《だえき》で、喉を潤しながら。

長いキスが終わって唇が離れると、濡れた瞳が見つめてくる。

「どうだった？」

感想を求められても、うなずくので精一杯だった。感激のあまり、頭が回らなかったのだ。

「キスでもこんなに気持ちよくなれるのよ」

それは同じ思いだったから、「はい」と返事をする。

「枝嶋君も、キスで感じたの？」

「ええ、すごく」

「本当に？」

千尋の手が背中から離れる。もしかしたらと予想したとおり、牡の股間へと移動した。

「あうっ」

漲りきった陽根を握られ、腰がビクッとわななく。ズボン越しでも、泣きたくなるほど気持ちがいい。

「ホントだわ。ギンギンになってる」

満足げにほほ笑んだ人妻が身を起こす。「じっとしてなさい」と命じて、光則の下半身に手をかけた。すぐさまズボンの前が開かれる。

「おしりを上げて」

命じられ、拒めるわけもなく従えば、ブリーフごと脱がされてしまった。

（ああ、そんな）

幼児期を別にすれば、初めて異性の前で性器を晒《さら》したのである。しかも、エレクトしたモノを。

「ふふ、こんなに勃《た》ってる」

艶《つや》っぽく目を細め、千尋が筋張った肉胴に指を回した。

「あああっ」

光則はのけ反り、声を上げた。総身を震わせ、経験したことのない快感に意識を飛ばしかける。

（気持ちよすぎる……）

柔らかな指が、ペニスと溶け合うようだ。

「とっても硬いわ。若いっていいわね」

感心して、強《こわ》ばりきったイチモツをゆるゆるとしごく人妻。本格的ではない愛《あい》撫《ぶ》でも、目がくらむほどの悦《よろこ》びが押し寄せる。

「ち、千尋さん」

光則は息を荒くし、腰をよじった。早くも昇りつめそうだったのだ。

それを敏感に察して、千尋が根元を強く握る。高波が引き、透明な先汁をトロリと溢《あふ》れさせただけで済んだ。

「もうイッちゃいそうなの？」

「……はい」

情けなさにまみれつつ認めると、彼女は屹立《きつりつ》の指をほどいた。残念そうな面差しで。

（ていうか、千尋さんはどこまでするつもりなんだ？）

さっき、彼女は弁天像の前で股間をさわり、『ねえ、わたしとしたい？』と訊いたのだ。

あれがセックスを示唆していたのは間違いあるまい。そのあと、こうして場所を移動したのだから、やはり最後までという心持ちでいるのだろう。

ということは、この場で童貞を卒業することになるのか。

降って湧《わ》いたチャンスに、胸がふくらむ。さりとて、握られただけでイキそうになったのだ。これでは仮に結合が果たせたとしても、たちまち昇りつめてしまうだろう。それはあまりにみっともない。

「むはッ」

光則は喘《あえ》ぎの固まりを吐き出し、裸の腰をガクンとはずませた。千尋の手が、今度は陰嚢《いんのう》に触れたのだ。

「キンタマもパンパンね」

卑猥《ひわい》な単語をためらいもなく口にして、その部分を優しくさする。

（うう、どうして）

くすぐったいような気持ちよさで、背すじがムズムズする。男の急所のはずなのに、なぜこんなにも感じるのか。

オナニーのときはペニスをしごくだけだったから、そこも性感帯だと光則は初めて知った。とは言え、自分でさわってても、ここまでよくならないだろう。人妻の柔らかな手指で、慈しむように愛撫されるからこその快感なのだ。

漲りきった陽根が下腹から浮きあがり、ビクンビクンと脈打つ。鈴口から滴ったカウパー腺液《せんえき》が、粘っこい糸を引いた。

「こんなにお汁を垂らしちゃって」

情欲の証を口にされ、居たたまれなさが募る。

「あの、いいんですか？」

光則が問いかけたのは、間が持たなくなったからだ。

「え、何が？」

「おれと、こんなことをして」

言ってから、まずかったかもと後悔する。旦那さんがいるのにとは口にしなかったが、そのニュアンスを彼女も悟ったに違いない。

千尋が愛撫の手を止め、じっと見つめてくる。

「わたしは枝嶋君としたいから、オチンチンやキンタマをさわったのよ」

真っ直《す》ぐな返答に、息苦しさを覚える。偽りのない、正直な気持ちだとわかったからだ。

「それに、枝嶋君はわたしとする義務があるのよ」

「え、どうしてですか？」

「だって、うちのダンナはいつも酔っ払って、わたしを抱いてくれないんだもの」

そのせいで欲求不満になったから、年下の男に手を出したというのか。しかし、疑問の答えになっていない。

「ウチで飲んでるお酒は、枝嶋酒店で買ってるの。だから、枝嶋君が責任を取らなくちゃいけないのよ」

　そんな理由でとあきれたものの、彼女は大真面目らしい。

「これでお祭があったら、絶対に朝から飲んじゃうだろうし。ホント、枝嶋君って罪深いわよね」

　玉袋を包む手に力が加わり、光則は反射的に身を縮めた。ひょっとして握り潰されるのかと危ぶんだのである。

　しかし、千尋はそこまで非道ではなかった。

「それじゃ、妻洗弁天祭が開催されるのを祈って、わたしもあの弁天様と同じことをしてあげるわ」

　股間の手をいったんはずし、人妻がシャツを脱ぐ。再びキャミソールをたくし上げたばかりか、背中に手を回してブラジャーのホックをはずした。

　カップが浮きあがり、乳房があらわになる。たわわなふくらみは、白い肌に薄らと静脈が透けていた。

（お、おっぱい――）

　目の前ではずむ双房に、光則は目を瞠《みは》った。

　大きめの乳暈《にゅううん》は、やや赤みを帯びたピンク色だ。乳頭は陥没気味で、あまり目立たない。

　吸いつきたいという熱望が、胸底からこみ上げたのは、赤ん坊のときの記憶が蘇《よみがえ》ったためなのか。そして、口許《くちもと》へ切っ先が差し出される。

「はい、おっぱいをどうぞ」

　添い寝してお乳を与える人妻は、あの弁天像と同じことをしているのだ。肌の甘い匂いも官能的で、光則は嬉々《きき》として桃色の突起に口をつけた。

「あん」

　甘えるような声が聞こえ、色白の胸元がピクッと震える。感じたのだ。

　光則は舌先で乳首をほじり出し、チュパチュパと舌鼓を打った。

「もう……エッチな赤ちゃんね」

　やるせなさげになじった千尋が、手を光則の下半身にのばす。そそり立ったモノに指を絡め、おとなしくしなさいとたしなめるようにしごいた。

　だが、そんなことをされたら、分身はおとなしくなるどころではない。いっそう調子づいて暴れ回る。

「むうう、う、むふぅ」

　ほの甘い乳頭を味わいながら、光則は鼻息を吹きこぼした。歓喜にひたることで、舌づかいがねちっこくなる。

「やん、感じる」

千尋も喘ぎ、男根をリズミカルに摩擦した。

カウパー腺液でヌメる指が、敏感なくびれをくちくちとこする。強烈な快美で性感曲線がうなぎ登りとなり、忍耐も風前の灯火《ともしび》だ。

（うう、よすぎる）

このままでは、遠からずザーメンをほとばしらせてしまう。光則は頭を振って乳房から逃れると、

「だ、駄目、もう――」

切羽詰まっていることを人妻に訴えた。

「出そうなの？」

手の動きをセーブして、千尋が確認する。

「はい……」

「いいわよ。出しちゃいなさい」

許可を与えられて戸惑ったのは、最後まですると思っていたからだ。

「これだと、エッチしたらすぐにイッちゃって、面白くないでしょ。一度出して

スッキリしたら、落ち着けると思うわ」

思いやりの溢れる言葉に、光則は涙ぐみそうになった。そして、ちゃんとセックスをさせてくれるのだとわかって安心する。

強ばりの指をいったんはずし、千尋がシャツを胸元までめくり上げてくれた。精液が勢いよく飛んでもいいようにと、配慮してくれたのだ。

「それじゃ、おっぱいを吸いながらイキなさい」

再び与えられた乳頭を含み、光則は激しく吸いたてた。肉根をしごかれ、せわしなく鼻息をこぼしながら。

蕩《とろ》けるような快感が、手脚の先まで行き渡る。腰が意志とは関係なくガクガクとはずんだ。

(あ、いく)

歓喜が脳天を貫き、目の奥がキュッと絞られる。ペニスの中心を熱いものが通過した。

「やん、出た」

千尋の声が耳に遠い。

(これ、よすぎる……)

ここまで気持ちのいい射精は初めてだ。ザーメンが続けざまにほとばしるあいだも、柔らかな指が筒肉を摩擦してくれたものだから、光則は最上の悦びにひたった。

(女のひとにしてもらうのって、こんなにいいのか)

オナニーとは比べものにならない。お金を払ってでもしてもらいたがる男がいるのも、当然だと納得できた。

「むふぅ」

オルガスムスの波が去り、太い鼻息がこぼれる。それでも硬く尖《とが》った乳首から唇をはずせず、光則はしつこく吸いねぶった。千尋が秘茎をゆるゆるとしごき続けるのに対抗するみたいに。

「ああん、もう」

人妻が悩ましげに総身を震わせる。

キツく締めた指の輪が、根元からくびれに向かって動く。尿道に残っていた粘液がトロリと溢れたところで、手がはずされた。

「こんなにいっぱい……」

感慨深げにつぶやかれ、光則は急に恥ずかしくなった。射精の瞬間という、無防備に自分自身をさらけ出すところを目撃されてしまったのだ。

これから商工会などで彼女に会ったとき、どんな顔をすればいいのだろう。そう考えると居たたまれなくて、光則は豊満な乳房から顔を離せなかった。

4

車の中にあったティッシュで、千尋が甲斐甲斐《かいがい》しく後始末をしてくれる。精液は鳩尾《みぞおち》の近くまで飛び散っていたが、それらすべてを丁寧に拭《ぬぐ》った。

車内に青くさい匂いが漂う。ぐったりして手足をのばしたまま、倦怠《けんたい》と物憂さを募らせていると、

「可愛くなっちゃったわね」

彼女が萎《な》えたペニスを摘《つ》まむ。ムズムズする快美が生じ、光則は呻《うめ》いて腰をよじった。

もっとも、再びエレクトするまでにはならない。深い満足を与えられ、たっぷりと放精したばかりなのだから。

そんなことは千尋とて、百も承知だったろう。

「もっとイイコトをしてあげるわ」

彼女はそう言うと、手にした肉茎の真上に顔を伏せた。

「あぁっ」

堪《こら》えようもなく声を上げたのは、分身を口に入れられたからである。

チュッ――。

亀頭を吸われたあと、全体を温かな唾液の中で泳がされる。そこに舌が戯れ、光則はくすぐったい快感にひたった。

（……おれ、千尋さんにチンポをしゃぶられてる！）

童貞にとって、フェラチオはセックスと同等か、もしかしたらそれ以上に憧《あこが》れの行為なのだ。

膣《ちつ》に挿入したときの感じは、オナニーホールを使えば近いものを味わえる。しかし、しゃぶられるのは本物の口でないと無理だ。今は口をかたどったホールもあるけれど、舌が動かないし、吸ってももらえないのだから。

何より、不浄の器官を舐《な》められることへの背徳感は、生身の女性相手にしか味わえない。

こんなことまでしてもらっていいのだろうか。申し訳なさに苛《さいな》まれつつも、気持ちよくてたまらない。大袈裟《おおげさ》でなく、ペニスが溶けるようであった。

おかげで、海綿体に血液が舞い戻る。

「ふう」

千尋が口をはずし、ひと息つく。光則は七割ほど復活を遂げていた。

「また大きくなってきたわ」

嬉しそうに目を細めた人妻に、頭をもたげて「あの」と声をかける。

「え、なに?」

「……千尋さんも、下を脱いでください」

本当は、アソコを見たかったのである。ストレートにお願いするのが恥ずかしくて、遠回しに述べたのだ。

しかし、やはり年上だけあって、彼女は察したらしい。

「あら、オマンコが見たいの?」

禁断の四文字を口にされ、どぎまぎする。

(千尋さんが、そんなことを言うなんて!)

包容力のある優しい女性という印象は、この場所に来てから大きく揺らいでいた。そして、今のひと言が駄目押しとなった。

「いや、あの」

うろたえる光則に、千尋が首をかしげる。

「今ならネットで、いくらでも見られるじゃない」

だから必要ないでしょと言わんばかりの口振りに、光則は首をぶんぶんと横に振った。

「でも、本物は見たことがないんです」

「そんなの、みんないっしょよ。大差ないわ」

もしかしたら焦《じ》らしているのかと、光則は思った。すぐに見せては面白くないからと。

ところが、彼女の頰がほんのり赤らんでいることに気がつき、そうではないのだと悟る。

(千尋さん、おれに見せるのが恥ずかしいんだな)

大胆だった人妻が、ここに来て見せた恥じらいに、大いにときめく。十歳も年上なのに、可愛いと思ってしまった。

だからこそ、ますます見たくなる。

「お願いです。おれ、千尋さんのだから見たいんです。そうすれば、そこがもっと元気になりますから」

もともと彼女のほうから始めた戯れなのである。真剣にお願いされたら断りづらかったであろう。

「男の子って、どうしてヘンなところを見たがるのかしら……」

なじるようにつぶやいて、腰を浮かせる。渋々というふうに、ジーンズをヒップから剝《む》き下ろした。中のパンティも一緒に。

成熟したボディがまとうのは、薄いキャミソール一枚のみ。ノーブラだから、薄地に乳首が浮かんでいた。

セクシーどころか煽情的《せんじょうてき》な姿を目の当たりにして、心臓が痛いほどに高鳴る。豊かに張り出した腰回りから、むっちりした太腿に続く曲線は、凶悪的ないやらしさだ。

そのため、より淫《みだ》らな状況に身を置きたくなる。

「それで、どうするの?」

千尋が訊ねる。しかめっ面なのは、羞恥を誤魔化《ごまか》すためであろう。

「あの、おれの上で、反対を向いて跨《また》がってもらえますか。おしりをおれのほうに向けて――」

この要請に、彼女はあからさまにうろたえた。

「ど、どうしてそんな格好をしなくちゃいけないの？」

「それなら、おしりもアソコも両方見られますから」

合理的な理由を口にしたものの、顔面騎乗をしてもらうのが目的であった。

もともとそんな願望があったわけではない。裸の下半身を目にした途端、着衣のときにも見とれた重たげな丸みを、ダイレクトに感じたくなったのだ。

しかし、秘部を見せるだけでも躊躇したぐらいだ。正直に告げたら、拒まれるに違いない。そのため、本当の狙いをぼかしたのである。

「まったく、いやらしいんだから」

千尋は眉をひそめつつも、光則の胸を膝立ちで跨いだ。言われたとおり逆向きで。年下の男に求められて、恥ずかしくも誇らしかったのではないか。

「ほら、これでいいの？」

巨大な丸みが、顔の近くに突き出される。

（うわあ……）

光則は胸の内で感動の声を上げた。

茹《ゆ》で卵をふたつ並べたみたいな双丘は、肌にパンティの縫い目跡が赤く残る。

経理などのデスクワークが多いためか、太腿との境界部分の肌がややくすんでいるのが、やけにエロチックだ。

(なんて素敵なおしりなんだ!)

これまで見たどんなグラビアヌードよりも、激しくそそられる。実物であるのに加え、隠されるべきところがあからさまになっているからだ。

中心にあるのは、ぷっくりした肉厚の陰唇。短めの縮れ毛が囲むスリットから、やや色の濃い花弁が二枚重ねではみ出している。

千尋が言ったとおり、ネットで見た無修正の女性器と、大きく変わるものではなかった。それでも、目眩を覚えるほどに昂奮《こうふん》しているのは、知っている女性の公にできないところだからだ。

(これが千尋さんのオマンコなのか)

心の中で卑猥な単語を口にして、劣情を沸き立たせる。谷底にひそむ、排泄口《はいせつ》たる褐色のツボミにも、いけないものを見た気にさせられた。

酸味を含んだなまめかしい臭気がこぼれ落ちてくる。チーズに汗をまぶしたみたいで、いささかケモノっぽくもあった。

その生々しさゆえに胸が躍る。

（千尋さんのって、こんな匂いがするんだな）

女芯《じょしん》を目にした以上に、究極の秘密を暴いたようで罪悪感も覚える。それでいて、昂奮も著しい。

「あ、すごい」

はずんだ声にドキッとする。

「枝島君のオチンチン、ホントに大きくなったわ。ビクビクッて、元気に脈打ってる」

それは光則も自覚していた。分身が痛いほどに膨張し、下腹から浮きあがっているのもわかった。

「オマンコを見てこんなになっちゃったの？　エッチねえ」

年下の男を昂《たかぶ》らせていると知り、羞恥が薄らいだようだ。それでも、正直すぎる匂いを嗅がれていると知ったら、さすがにうろたえるのではないか。

「あうう」

光則は声を上げた。しなやかな指が、またも肉根に巻きついたのだ。

「ほら、こんなに硬いのよ」

ゆるゆるとしごかれて息が荒ぶる。さっきよりも快感が著しいのは、人妻の恥ずかしいところを目の当たりにし、匂いも嗅いでいるからだろう。

「わかる？　アタマのところ、パンパンになってるわ」

その部分を、柔らかな指頭が刺激する。鈴口に滲《にじ》む先汁を利用して、ヌルヌルとこすった。

「あ、あ、千尋さん」

たまらず名前を呼び、腰をガクガクと上下させる。

「ふふ、感じすぎちゃう？」

含み笑いで言った彼女が、頭を下げたのがわかった。ヒップが少し浮きあがったからである。

てろり──。

張りつめた亀頭粘膜が舐められる。

「うああ」

電流みたいな悦びが体幹を走り抜け、光則はのけ反った。

「もっと気持ちよくしてあげるわ」

強ばりきった牡器官が、温かな口内に迎え入れられる。絡みついた舌が動かされ、チュッと吸いたてられた。

（うう、よすぎる）

完全勃起したためか、軟らかな秘茎をしゃぶられたとき以上に、光則は感じていた。少しもじっとしていられず、身をくねらせる。

（だったらおれも――）

一方的に奉仕されるだけでは心苦しい。それに、顔面騎乗をしてほしくて、上に跨がってもらったのだ。

たわわな丸みを両手で摑《つか》み、光則は力いっぱい引き寄せた。

「むふっ」

肉棒を咥《くわ》えたまま、千尋が鼻息をこぼす。抵抗されたのがわかったものの、不安定な体勢のために堪えきれなかったようだ。

そのため、丸まるとした豊臀《ほうでん》が、まともに落っこちてくる。

「むふぅ」

柔らかな重みを顔面で受け止めた瞬間、脳内に輝きが満ちた気がした。

（ああ、千尋さんのおしりが――）

ぷりぷりした弾力と、なめらかな肌の絶妙なマッチング。こんなにも心地よい密着感は初めてだ。

湿った陰部で口許をまともに塞《ふさ》がれているのに、少しも苦しくない。たとえ窒息しても本望だとすら思えた。

「ぷはっ」

千尋が牡の漲りを吐き出す。

「ちょっと、ダメっ」

焦って腰を浮かそうとしたが、光則は艶腰をがっちりと抱え込んで防いだ。濃密になった淫臭を胸いっぱいに吸い込み、陶酔の心地にひたる。

「バカバカ、そ、そこ、洗ってないのよ」

非難されてもどこ吹く風。そんなことは百も承知だ。だからこそ、密着せずにいられないのである。

そして、フェラチオのお返しをするべく舌を差し出す。ほんのり塩気のある恥割れをねぶれば、熟れ尻《じり》がわななないた。

「あひっ」

千尋が鋭い声を洩《も》らし、手にしたペニスを強く握る。

(感じてるんだ、千尋さん)

嬉しくなり、舌づかいが自然とねちっこくなる。

とは言え、これが初めてのクンニリングスだ。テクニックなど何もない。女性が最も感じるのはクリトリスであるという知識にのっとり、それを探して舌を躍らせるのみだった。

「ああ、だ、ダメよぉ」

呻くように嘆きながら、人妻が女芯をせわしなくすぼめる。舌を挟み込もうとしてなのか、それとも無意識の反応だったのか。

どちらにせよ、一心に攻めるのみだ。

「くぅうう－ン」

千尋が仔犬《こいぬ》みたいに啼《な》く。艶腰がビクンと痙攣《けいれん》した。どうやら目的のポイントを捉えたらしい。

狙いをはずさぬよう、光則はかぐわしい蜜園《みつぞの》を舐め続けた。

「あ、ああっ、あ――」

よがり声が耳に届く。もはやフェラチオをする余裕をなくしたようで、彼女は両手で屹立にしがみついていた。

尻の谷に嵌《は》まり込んだ鼻は、蒸れた汗の香りを捉えていた。その中に、ほんのかすかな発酵臭を感じた気がして、光則は大昂奮であった。

（え、これって？）

究極に恥ずかしいパフュームを暴いたと思ったものの、次の瞬間には消えていた。アヌスに何かが付着していたわけではなく、密《ひそ》かに洩らしたガスの名残だったらしい。

しかし、普段一緒にいても嗅ぐことのない、貴重な匂いだ。舌を休めないまま、鼻梁《びりょう》を谷間にいっそうめり込ませれば、鼻の頭に秘肛が当たった。

「うう、いやぁ」

千尋が嘆くと、そこが収縮する。切なげな反応に愛《いと》しさが募った。

もっと気持ちよくしてあげたかったが、残念ながら技量が不足している。敏感な肉芽が隠れているあたりを闇雲《やみくも》に刺激しても、上昇させるには足りなかったようだ。

しかも顔に乗られているから、舌をうまく動かせない。

どうしようかと迷うあいだに、腰を摑んでいた手が緩んだらしい。それに気がついて、彼女がヒップを浮かせてしまった。

（あっ！）

慌てて摑もうとした手が空を切る。目の前が開け、ミニバンの天井が見えた。

まずいと焦ったところで、千尋が顔を覗《のぞ》き込んでくる。頬が赤らみ、目に涙が滲んでいた。

光則は首を縮めた。叱られると思ったのは、眉間《みけん》に深いシワが刻まれていたからである。

ところが、険しく見えた表情が、ふっと緩む。

「平気だったの、枝島君？」

心配そうに訊ねられ、きょとんとなる。

「え、何がですか？」

「だって……洗ってないアソコを舐めたりして」

さっき、彼女は禁断の四文字を、平然と口にしたのである。急にしおらしくなったものだから、光則は戸惑わずにいられなかった。

「平気もなにも、おれがしたかったんですから」

「だけど、く、くさくなかったの？」

「全然。おれ、千尋さんの全部が好きですから。おしりもアソコも」

そう言うと、人妻が目を泣きそうに潤ませる。

「バカ……」

掠れ声でなじり、唇を重ねてきた。

舌が深く差し込まれ、口内を探索する。ピチャピチャと踊るそれは、唇も丹念にねぶった。まるで、付着した愛液を舐め取るように。

唇が離れると、慈しむ眼差しが見つめてきた。

「いい子ね、枝島君」

「え、どうしてですか？」

「だって、旦那だってあまり舐めてくれないのよ、わたしのアソコ。ちゃんと洗ったあとでも」

「え、そうなんですか？」

ということは、千尋は舐められたいのである。なのに、夫がしてくれないものだから、不満が募っていたのだろう。

まあ、クンニリングス以前に、夜の営みそのものもあまりないらしいが。

「あ、ううう」

いきり立っていた分身を握られ、光則は腰を震わせた。うっとりする快さが、そこからじんわりと浸透するようだった。

「すごいわ……さっきよりも硬いみたい」

やるせなさげに言い、千尋が屹立をしごく。まといついていた唾液を用いて、ヌルヌルと。

「千尋さんのおしりやアソコが素敵だから、昂奮したんです」

息をはずませながら告げると、彼女が恥じらって頬を緩める。

「ありがと。それじゃ、童貞を卒業させてあげるわね」

「はいっ」

光則は意気込んで返事をした。

交代して、千尋が仰向けに寝そべる。膝を立ててMの字に開き、両手を差しのべた。

「さ、来て」

淫蕩《いんとう》な眼差しでの誘いに、全身が熱くなる。

(おれ、千尋さんとセックスするんだ)

四半世紀も守ってきた童貞を、魅力的な年上女性に捧げるのである。

逸《はや》る気持ちをなだめつつ、開かれた脚のあいだに腰を入れる。ふたりのあいだに入った手が、すぐさま強ばりを握った。

「ここよ」

千尋が牡器官を導き、切っ先を恥割れにこすりつける。クチュクチュと小さな粘つきがこぼれ、温かな蜜が粘膜にまぶされた。

「いいわよ、挿《い》れて」

挿入を促され、「はい」とうなずく。光則がそろそろと進むと、筒肉の指がはずされた。

入り口は、想像していたよりも狭かった。ここでいいのかなと不安になったが、千尋が導いてくれたのである。間違いないのだと信じて、少しずつ力を込める。

「ン……」

彼女がわずかに顔をしかめる。それでも、徐々に開く感じがあったから、そのまま進んだ。間もなく、
ぬるん——。

亀頭の裾野《すその》、最も径の太いところが、狭まりを乗り越えた。

「あふっ」

それまで険しかった美貌《びぼう》が、瞬時に和む。残り部分も、あとはスムーズに洞窟《どうくつ》へ吸い込まれた。

（ああ、入った……）

ペニス全体が、濡れ柔らかなもので包み込まれる。根元部分を甘嚙《あまが》みするように締めつけられ、光則は快さと感激で胸がいっぱいになった。

（おれ、とうとうセックスしたんだ！）

しかも、こんなに優しくて素敵な女性が、初めてのひとなのである。焦って体験しなくてよかったと、心から思った。

「あん……枝島君のが、中にいっぱい詰まってる感じ」

千尋が悩ましげに眉根を寄せる。それから、光則の背中を優しく撫《な》でた。

「どう、オトナになった感想は？」

「はい。すごく気持ちいいです。女性のからだがこんなに素晴らしいんだって、おれ、初めて知りました」

真っ直ぐに告げると、彼女が照れくさそうにほほ笑む。意識してなのか、内部がキツくすぼまった。

「あうう」

たまらず喘いでしまうと、人妻が嬉しそうに目を細める。

「あら、そんなに気持ちいいの？」

またキュッキュッと、蜜穴で締めつけてくれる。それで、彼女が自分でコントロールしているのだとわかった。

（ああ、よすぎる）

歓喜の鼻息がこぼれる。挿入しただけなのに、自分がぐんぐん高まっているのがわかった。

「動いてもいいわよ」

快さに身をよじる光則に、千尋が声をかける。早くそうしたいのだと、気遣ってくれたらしい。

「あ、はい」

「慣れてないからまごつくかもしれないけど、とにかく好きにしていいわ。もしもオチンチンが抜けちゃっても、わたしがちゃんと膣に挿れてあげるから心配しないで」

露骨な声かけにどぎまぎする。だが、そこまで言ってもらえれば安心だ。

「わかりました」

光則はそろそろと腰を引き、再び進む動きを試みた。

抜けても大丈夫と言われても、できればみっともないところを見せたくない。そのため、ほんの二、三センチ程度の、短いストロークが精一杯であった。

「あん……んぅ」

それでも、千尋が艶っぽい声を洩らす。かぐわしい吐息が顔にふわっとかかり、光則は陶酔の心地にひたった。

（おれ、セックスしてるんだ）

つたないピストン運動でも、実感が胸に迫る。

間もなく、腰づかいのコツが摑める。進むよりも退くほうを意識し、ちょうどいいところで戻すようにすると、抽送がリズミカルになった。

ぬちゅ……ちゅぷ――。

濡れ穴が卑猥な音をこぼす。

「あ、あ、あん、いいわ。じょうずよ」

励ましの声音が色めき、熟女妻の息づかいがはずんできた。

（おれ、千尋さんを感じさせてるんだ）

いよいよ本物の男になれたのだという感慨がこみ上げる。とは言え、調子に乗ってばかりもいられなかった。

最初はピストン運動に集中することで、いたずらに上昇せずに済んだのである。ところが、そちらの不安がなくなると、思い出したように快感がふくれあがる。

（うう、まずい）

早くも差し迫ってきて、光則は奥歯を噛み締めた。

さっき、手コキでたっぷりとほとばしらせたばかりなのである。いくら初体験でも、こんなに早く終わるのは、男としてだらしがない。

安っぽいプライドにしがみつき、募る射精欲求を懸命に抑え込もうとする。けれど、初めて味わう女体の深部は、あまりに居心地がよすぎた。いったん抜いて落ち着くなんて不可能で、腰の運動を止められない。

「あん、あ、ああっ、気持ちいい」

人妻のよがり声にも煽《あお》られて、もはや爆発は時間の問題だった。

「ち、千尋さん、おれ、もう」

情けなさにまみれつつ、危機的状況にあることを伝えると、閉じていた瞼が開かれた。

「え、出そうなの？」

ストレートな問いかけに、居たたまれなくなる。

「はい……すみません」

「あら、いいのよ。だって、わたしのオマンコで、それだけ感じてくれたってことでしょ」

またも禁断の言葉を口にされ、頭に血が昇る。年下の男の童貞を奪い、余裕を取り戻したのだろうか。

「じゃあ、いっぱい動いて、わたしの中に出しなさい」

願ってもない許可を与えられても、では遠慮なくとは答えづらかった。

「え、いいんですか？」

コンドームを着けていないし、妊娠させたらと不安を覚える。

「もうすぐ生理だからだいじょうぶよ」

女性の安全日について、きちんと知っているわけではない。しかし、千尋がそう言うのだから間違いないのだろう。

すると、彼女がわずかに眉をひそめる。

「だから、アソコだって匂ったはずなのに」

なじるように言われて、首を縮める。生理周期と秘部の臭気の関係についても、男である光則には未知の世界だ。

（そういうものなのかな？）

しかし、今はそんなことを考えている場合ではなかった。

千尋が両脚を掲げ、牡腰に絡みつける。

「ほら、もっと突いて」

「あ、はい」

光則は腰の振り幅を大きくした。悦びを求める本能に従い、ペニスを出し挿れする。

「あん、あん、いい、もっとぉ」

あられもないおねだりに応じ、速度も上げて女芯を抉《えぐ》る。腰のぶつかり合いが、湿った音を響かせた。

（ああ、なんて気持ちいいんだ）

単なる摩擦の快さではない。女性とひとつになり、ふたりで高まっているのである。これこそがセックスの醍醐味《だいごみ》なのだと、初体験にして光則は悟った。

激しい交わりに、ミニバンが揺れる。外から見ても、カーセックスをしているのが丸わかりであろう。

だが、ここは誰もいない山の中腹だ。ふたりの蜜事を知っているのは、お堂の中の弁天様だけである。

金色の像にも負けない豊満な女体にのしかかり、光則は腰を叩きつけるように責め苛んだ。

「ああ、あ、いい、オチンチン、おっきいのぉ」

はしたなく乱れる千尋が、人好きのする面立ちを淫らに蕩かせる。これまで見ることのなかった女の顔を、たまらなく魅力的だと思った。

(千尋さん、綺麗だ……)

情感が高まり、愉悦の波が大きくなる。腰づかいが不安定になった。

それでも一心に抜き挿しし、間もなく歓喜の極みへ到達する。

「ち、千尋さん、出ます」

「うん、うん……出して」

「あああ、い、いく」

目のくらむ快美に意識を飛ばし、光則は熱い樹液を放った。

「おおおっ!」

ザーメンが尿道を通過するたびに、からだがガクッ、ガクンとはずむ。エンスト寸前の車みたいに。

「くぅうう━ン」

千尋が呻き、暴れる肉棒を蜜窟で締めつけた。

（ああ、最高だ――）

最後のひと雫《しずく》まで、深い満足にひたって膣奥に注ぎ込む。間もなく訪れた気怠《けだる》い余韻に、光則はがっくりと脱力した。

静かになった車内に、ふたりの息づかいが交錯する。

「またいっぱい出たみたいね。気持ちよかった？」

耳元に熱い吐息を吹きかけて、人妻が質問した。

「はい……とても」

それだけ答えるのが精一杯。光則は彼女にからだをあずけ、なかなかおとなしくならない呼吸を持て余した。

第二章　ダンスはエロく踊らせて

1

「うん。こんなところかしらね」

商工会の会議室、ホワイトボードに書かれた項目を眺め、千尋がうなずいた。

仮に「妻洗弁天祭」と名付けられたイベントは、上の了承も得て、いよいよ本格的に動き出した。主催は商工会。町の協賛も得られそうだし、すでにあちこちから開催への協力が申し出られている。また、是非とも町の活性化に繋げてほしいと、激励の言葉も届いていた。

これもみんな、千尋の根回しのおかげである。発案者の光則がいくら駆けずり回っても、ここまでとんとん拍子には進まなかったであろう。

(まったく、千尋さんには足を向けて寝られないな)

胸の内で感謝を述べる。もっともそれは、祭に関してのみならず、筆おろしをしてくれたことも含めてであった。

肉感的なむっちりボディの人妻に童貞を捧げたのは、つい先月のこと。残念ながら、あれ以来お声がかからず、相変わらず右手頼みの生活を送っている。

自らをしごくときに思い浮かべるのは、やはり彼女とのめくるめくひとときだ。秘苑の淫靡《いんび》な香りや、挿入したときのうっとりする快さを胸の内に蘇らせ、青くさい牡汁をたっぷりと放つのである。

これまで、オナニーは日に一度がせいぜいであった。けれど、記憶に残る初体験のおかげで、射精しても時間を置かずに復活する。またあの気持ちいいところに入りたいと駄々をこねるみたいに、分身が脈打つのだ。

もしかしたら、千尋を相手に二度も達したものだから、それが標準であるとからだの設定が書き換えられたのであろうか。ともあれ、自慰回数が倍近くに増えたため、光則は少々お疲れ気味だった。

にもかかわらず、こうして千尋と同じ部屋にいて、ジーンズがはち切れそうなヒップや太腿を目の当たりにすると、海綿体が条件反射みたいに充血する。今も彼の股間は、ズボンの前がみっともなく突っ張っていた。

（また、させてくれないかなあ）

胸に募る切望を、しかし口に出すことはできない。調子に乗るんじゃないのと、拒まれるのが怖かった。

何しろ、彼女は夫がいるのである。いくら毎晩酔っ払って抱いてくれないとは言え、不貞の関係に身をやつすような、自堕落な女性ではないのだ。

それに、この場にいるのは、ふたりだけではなかった。

「予算のほう、どうにかなりそう？」

千尋が声をかけたのは、祭の会計を担当することになった瑞希である。

「そうですね。とりあえず概算で要求を出して、ＯＫがもらえたら、改めて詰めることにします」

商工会でも事務や経理の仕事をしているから、実に頼もしい返答だ。普段はキツいことを言われがちでも、こういう際での働きっぷりについては、光則もちゃんと評価していた。

まあ、そんなことを言おうものなら、年下のくせに生意気だと、暴言を吐かれるのは確実であったが。

かように信頼していても、青年部と女性部の合同会議の場には、常に瑞希がいた。千尋とふたりっきりになれないことについては、不満がないと言えば嘘になる。

「じゃあ、こっちも細かいところを決めていかなくっちゃね」

千尋が腕組みをしてホワイトボードを睨んだ。

祭の実行委員長は商工会のお偉方になっているが、計画ならびに現場の責任者は彼女である。本来なら言い出しっぺである光則が担うべきなのであろうが、まだ若いし経験不足ということで、上の賛同が得られなかった。

これについて、光則に不満はない。むしろ千尋のほうが適任であると、自分でもわかっている。

『ごめんね。わたしは枝嶋君にやってもらいたいんだけど』

責任者が決定したとき、彼女は申し訳なさそうに言った。光則はかぶりを振り、自分には無理だから千尋さんにお願いしますと答えたのだ。

そもそも祭を仕切りたくて、枝嶋弁天の利用を提案したわけではなかった。店の売上げ確保が本来の目的であり、そこに町の活性化というお題目をくっつけただけなのだから。

そういう不純な動機から始まったイベントでも、徐々にかたちになるに従い、胸がわくわくしてくる。高校生のとき、文化祭の準備で遅くまで残っていたときのことが思い出されて、郷愁に似た感情も抱いた。

そして、絶対に成功させなければと、意欲も増している。

「なにぶん初めてのことだから、あれもこれもって無理しちゃいけないと思うの。まずは最低限の内容で成功させて、だったらこんなこともできるんじゃないかって、次に繋げていけばいいんだから」

千尋の言葉に、光則も瑞希もうなずいた。

「それこそ、枝嶋君が言ったとおり、何事にも最初があるんだもの。それが続いていけば、町の新しい歴史になるんだものね」

笑顔で言われて、光則は照れくさくも誇らしかった。

「そうすると、出店と神輿の二本柱ってことなんですよね」

瑞希が確認する。

「ええ。それで、弁天祭だから、神輿は女性が担いだほうがいいと思うの。華やかだし、話題にもなるだろうから。それで、男性は後からついて回って、太鼓や鐘を鳴らしてもらったらどうかと思って。賑やかしになるし、動き回ればみんな飲みたくなって、祭らしくなるでしょ」

千尋の言葉に、光則も同意してうなずいた。

（そうすれば、ウチの酒もたんまり売れるな）

つい皮算用をしてしまう。

「神輿はどうするんですか？」

「知り合いがいる町に、古くなって使われなくなった神輿があるの。それを譲ってもらえることになったから、ウチの会社で修理するわ。もちろん無料で」

「え、いいんですか？」

「その代わり、どこかに澤村工務店の名前を入れさせてもらうけど」

人妻が悪戯っぽく目を細める。ちゃっかり宣伝に利用するようだ。

「それなら経費の節約になるし、いいですね」

瑞希も納得の面持ちを見せた。

（女性が担ぐ……女神輿ってことか）

光則は想像した。法被《はっぴ》に短パンで、太腿をあらわにした女性たちが、かけ声も勇ましく神輿を担ぐところを。

写真に撮って広報に出せば、目を惹いて評判になるだろう。ローカル局にも連絡して取材してもらえたら、来年以降の集客も見込める。

（だったら、いっそ短パンじゃなくて、ふんどしにするとか）

千尋を筆頭に、町の綺麗どころの人妻たちが、たわわなナマ尻をぷりぷりと振って町を練り歩くのだ。かなり壮観であろう。刺激されて男たちもその晩ハッスルし、子供ができて少子化の対策にもなる。

（うん。いかにも子孫繁栄の弁天祭に相応しいな）

ついでに胸元もさらしにして、おっぱいの谷間を強調するとか。などと、要は光則がセクシーな女性たちを見たいだけなのだ。

さすがにふんどしは難色を示されるであろう。しかし、祭が盛りあがれば、もっと派手にしようと意見が出され、いずれ実現するかもしれない。

そのときまで、故郷のこの地で頑張っていこう。などと、間違った郷土愛を抱く光則である。

「あと出店は、町内のお店や会社に募集をかけて、商工会でも屋台を出したらいいと思うわ。焼きそばとか焼き鳥とか、手間がかからなくて収益になりそうなやつを」

千尋が提案する。祭がどんどんかたちになっていくのが嬉しくて、光則は胸をはずませた。

（やっぱり、責任者は千尋さんで正解だったな）

自分だったらうろたえるばかりで、うまくまとめられなかったはずだ。

「もうひとつ、何か目玉があってもいいと思うんですけど」

瑞希が手を挙げ、意見を述べた。

「目玉って、どういうの？」

千尋が首をかしげる。光則も何の話なのかと、そちらに注目した。

「小さいときに、どこなのか忘れちゃったんですけど、お祭に連れて行ってもらったことがあるんです。神社で神主さんや巫女《みこ》さんたちが捧げ物をするような、厳かな雰囲気のやつだったんですけど、最後に奉納の舞っていうんですか？　天女みたいに綺麗な着物の女性が踊ったんです。それが神秘的で、子供なりにすごく感動したんですよね。今でもはっきりと憶《おぼ》えているぐらいに」

記憶を手繰るみたいに、瑞希が宙に視線を向ける。どこか遠くを見るような眼差しだった。

そんな顔の幼なじみを目にするのは初めてで、光則は胸を高鳴らせた。

（なんか別人みたいだ……）

いつも憎まれ口を叩かれ、睨みつけられているせいなのか。やけに女っぽくて魅力的に映った。

「ああいう神事っていうか、何か捧げるみたいな催しがあると、いかにも祭らしくなると思うんですけど」

瑞希の提案に、千尋も「そうね」と賛同した。

「せっかく弁天様を祭の中心にするんだから、あのお堂の前で最後に何かを奉納すれば、来年にも繋がるような余韻が感じられるかもしれないし。うん、いいと思うわ」

「おれも賛成です」

光則も諸手《もろて》を挙げると、瑞希が驚いた顔を見せた。それから目を伏せて、頬を赤く染める。千尋はともかく、普段罵《のの》っている年下の幼なじみからも賛意を得られるとは思っていなかったのか。

何にせよ、恥じらいのしぐさもやけに愛らしい。これまで以上に惚《ほ》れてしまいそうだ。

（千尋さんとのセックスもよかったけど、やっぱり恋人にするなら――）

人妻といい仲になっても、肉体関係以上のものは望めない。独身女性となると、町内に選択肢は限られていた。

この祭をきっかけに、瑞希とも心を通い合わせられたらと、光則は密かに期待した。さっきまで、千尋とふたりっきりになりたがっていたことも忘れて。

「そうすると、やっぱり舞かしら」

責任者たる人妻が、考え込む面持ちでうなずく。

「神事もいろいろあると思うけど、単なる儀式よりは、舞のほうが見て楽しいものね。瑞希ちゃんが今でも憶えているっていうぐらいだし、印象にも残りやすいんじゃないかしら。それに、弁天様はもともと音楽の神様みたいだから、丸っきり関係ないわけじゃないもの」

「そうですね。宗教的なものを前面に出すと、町も協賛しづらくなりますから、舞ぐらいがちょうどいいと思います」

光則も意見を述べた。とは言え、既存のものではなく、新たに舞を創作する必要がある。問題は、それを誰にやってもらうかだ。

「やっぱり多恵子《たえこ》さんにお願いするしかないわね」

千尋が言い、瑞希も「そうですね」と同意する。

「え、タエコさん?」

誰のことかと、光則は訊き返した。

「奈良橋《ならはし》多恵子さんよ。『奈良橋ダンススクール』の」

「ああ」

そのスクールならわかる。光則が東京の大学に行っていたあいだに、県道沿いの空き地に、プレハブっぽい大きめの建物ができていたのだ。

生徒募集のポスターやチラシも、何度か見たことがある。商工会前の掲示板にも貼《は》ってあった。

それらに書かれていた情報によると、スクールの校長であり、講師である多恵子は、その世界では知られたダンサーであるらしい。海外のコンテストで入賞し、各地で公演も行っているとのこと。また、振付師として、様々な舞台に呼ばれているとも書かれてあった。

そんな才能豊かなひとが、どうしてこんな田舎町に住んでいるのか。光則は疑問だった。

あるとき、母親に訊ねたところ、夫がここ妻洗町の人間だと教えられた。

『自然が豊かなところに住んで、そこで子供たちにダンスを教えたいって、昔から考えていたそうだよ』

何でも、こちらに住むようになった当初、中学校の体育館で児童生徒と、地元の人間も招いてのお披露目公演があったという。その場で本人が話したそうだ。

ダンススクールも小規模事業所ということで、商工会に入っている。多恵子も女性部の一員のはずだが、会合で目にしたことは一度もなかった。おそらく忙しいのであろう。

よって、光則は多恵子本人と会ったことがない。ポスターやチラシに載っていた写真で、顔を知っている程度だ。

「おいくつぐらいの方なんですか?」

質問すると、千尋が首をかしげた。

「たぶん、三十ぐらいじゃない? わたしよりも下のはずだけど」

「三十一歳です」

瑞希が答える。商工会の事務をしているから、会員のことはある程度わかるのだろう。それでいて、

「女性の年齢を訊ねるなんて、デリカシーのない男ね」

と、光則を罵ることも忘れなかった。

(三十一か……写真だと、もっと若い感じだったけど)

もっとも、メイクをして、ステージ衣装をまとったものだったから、そう見えたのかもしれない。目鼻立ちのくっきりした、俗にバタくさいと形容される面立ちであった。

「だけど、ただ振り付けを考えてほしいってお願いしても、無理だと思うわ。どういう感じで、踊り手が何人ぐらい必要なのか、明確なイメージを伝える必要があるんじゃないかしら」

千尋の指摘はもっともであったろう。

「そうですね」

光則が相槌《あいづち》を打つと、彼女がニッコリとほほ笑む。

「じゃあ、枝島君、お願いね」

いきなり任されて、目が点になった。

「え、お願いって――」

「多恵子さんに、舞の振り付けを考えてもらって」

「おれがですか?」

「ええ。こういうのは同性よりも、異性から頼んだほうが聞いてもらえるのよ」

そうかなと、光則は疑問を抱いた。言い方は悪いが、体よく押しつけられた気がしたのだ。

「だけど、奈良橋さんは会合にもいらっしゃらないですし、忙しいんじゃないですか?」

「ああ、そのことなら、前に言われたことがあるわ。集まりにはなかなかいけないけど、商工会の催しには協力するから、遠慮なく声をかけてほしいって。だから、去年の商工会のお祭でも、ステージでダンスを披露してくれたのよ」

光則は屋台で忙しくて見られなかったが、そう言えばそんな出し物もあったようだ。

「だから、今回も振り付けをしてもらえると思うわ」

「あと、踊り手もお願いしたほうがいいですよね」

と、瑞希も割って入る。

「最初にお手本を示してもらえれば、来年以降は他のひとに引き継ぐことができますから。あ、そうすると、あまり難しいのはダメかも。神様に奉納するような舞なら、優美な日本舞踊みたいな感じかしら。メインがひとりで、あとはふたりぐらい後ろにいれば充分じゃない？」

やけにイメージがはっきりしている。あるいは小さい頃に祭で見た舞が、そういう感じだったのか。

好き勝手なことを言うなよと、光則は眉をひそめた。けれど、よくよく考えたら、どういう依頼をすればいいのかアドバイスをしてくれたのだ。

（なるほど……そういうのをお願いすればいいわけか）

口には出さず、胸の内で幼なじみに感謝する。お礼を言ったところで、彼女はそんなつもりじゃなかったと、そっぽを向くだけだろうから。

「わかりました。それじゃあ、これが終わったら、さっそく奈良橋さんのところへ行ってみます」

「ええ、よろしくね」

千尋は笑顔で任せてくれたが、

「失礼がないようにしなさいよ」

瑞希がしかめっ面で注意を与える。

「はい。きちんと頭を下げて頼んできます」

光則は忠言を素直に受け入れた。

2

奈良橋ダンススクールは四年前、道路沿いに広く空いていた土地に建てられた。あとで同じ並びにコンビニや、全国チェーンの衣料品店ができ、立地的にもかなりよくなっている。

生徒も町内の小中学生を中心に、けっこう多いらしい。千尋や瑞希の話では、高校生になっても通い続ける子や、大人も数名いるとのこと。

多恵子はダンスを教えるだけでなく、毎年スクールとしての公演を開催しているそうだ。また、振り付けや舞台のゲスト出演などで、彼女自身も国内のあちこちを飛び回っているという。

そんな多忙なひとに、果たして引き受けてもらえるのだろうか。不安はあったものの、ここは期待に応《こた》えたい。

(よくやったって、千尋さんが褒めてくれるかも)

ついでにご褒美でセックスをと、いやらしい期待を抱いてしまう。人妻との行為の先には何もないと、悟ったばかりだというのに。

ともあれ、会合が終わると、光則はすぐさまスクールに向かった。

到着したのは、午後四時近かった。平屋建ての建物は、ダンススタジオとしてのみ使われているらしく、簡素な造りである。昔の集会所といった趣か。

中から賑やかな声が聞こえる。どうやらレッスン中らしい。ならば、多恵子もいるはずだ。

邪魔をしないよう、光則はサッシ戸の玄関をそろそろと開けた。

入ってすぐがコンクリートの土間で、小さな運動靴が綺麗に揃《そろ》えてある。そこを上がったところの板の間の端に、ランドセルやバッグが置いてあった。

（子供たちのレッスン中なんだな）

靴が小さいから、おそらく小学校の低学年であろう。

板の間を進んで引き戸を開けると、小さめの体育館みたいな広間に、七、八歳ぐらいの子供たちが駆け回っていた。全部で十数人もいるだろうか。ダンスをしているわけではなく、休憩中らしい。

「あら、どちら様？」

すぐ手前側にいた女性が、光則に気がついて振り返る。落ち着いた色に染めた髪をきちっとまとめ、ランニングタイプの黒いレオタードを着用したそのひとは、写真で見覚えがあった。腰には白っぽい薄手の布を巻いている。

「あ、奈良橋先生ですか。おれ——僕は枝嶋光則といいます。商工会の青年部の」

「枝嶋……ああ、酒屋さんの？」

町で唯一の酒屋だから、すぐにわかったようだ。

「はい。今日は商工会が主催する弁天祭の件で、お願いに伺ったんですが」

「ああ、あのお祭ね。商工会からの文書で見たわ」

弁天祭の概要と、現在は準備段階であることを、商工会の会員には知らせてあった。内容が固まったら、もっと広く宣伝する予定である。

光則は、今日の会合までに決まった祭の内容を、多恵子に説明した。

「あと、祭の最後に舞を奉納したらどうかという案が出たんです。それで、その振り付けを奈良橋先生にお願いできないかと、こうして伺ったのですが」

「舞ってどういうやつ？」

「ええと――」

瑞希に言われたことを伝えようとしたとき、リリリリとタイマーらしきベルが鳴った。

「はーい、休憩終わり。準備して」

多恵子が声をかけると、それまで思い思いに遊んでいた子供たちが、フロアに間隔を空けて並んだ。左手側の壁は全面が鏡張りになっており、そちらのほうを向いて。

「今の話は、あとでちゃんと聞かせてもらうわ。これからレッスンの続きだから」

「ああ、はい。わかりました」

だったら出直したほうがいいかなと思ったものの、

「ついでだから、いっしょにやらない？　あと三十分ぐらいだし」

と、人妻ダンサーに誘われる。

「え？　あ、でも」

「何事も経験が大切よ」

にこやかに言われて、断りづらくなった。

（まあ、振り付けを頼むんだし、奈良橋さんがどんなダンスをするのか、知っておいたほうがいいだろうな）

そう考えて、「では、お願いします」と仲間に加わることにした。

上がり口にランドセルやバッグがあったから、子供たちは学校帰りなのだろう。服装もそのままなのか、てんでバラバラだ。

中には運動着や、レオタードに着替えている子もいる。要は動きやすければいいらしい。そしてみんな裸足だった。

光則もパーカーにジーンズだったので、靴下だけを脱いで子供たちの後ろに並んだ。

「それじゃ、ステップからね」

多恵子が声をかけ、音楽を流す。アップテンポのそれに合わせて、子供たちが軽やかに足を動かした。

「はい、ワンツー、ワンツー」

手を叩きながら、多恵子が前に出る。子供たちに背中を向け、お手本の動きを見せた。

光則は彼女をお手本に、ぎこちなくステップを踏んだ。

（うわ、けっこう難しいぞ）

見た感じは、単純そうであった。ところが、その単純な動きをリズムに合わせて、しかも延々と繰り返すのは、決して簡単ではなかった。どうかすると違う方向に足が動いたり、同じことをしているはずなのに、あれ、これでいいのかなと迷ったりする。

「はい、手も入るわよ」

声がかかり、そこに上半身のアクションも加わることで、ますますおかしなことになってきた。

（あれ？　あれ？）

光則は四苦八苦し、冷や汗をかいた。

みんなの後ろにいるとは言え、前には大きな鏡がある。そこに無様な姿が映っているものだから、恥ずかしくてたまらない。しかも、近くにいる子供たちと鏡越しに目が合い、クスクスと笑われてしまう。

多恵子が教えているのは、一般にジャズダンスと呼ばれるものだった。音楽に合わせて踊るのであり、ミュージカルのダンスや、テレビの歌番組などで披露されるものも、その枠に入るらしい。

よって、動きは多彩である。バレエのようだったり、激しい動きがあったり、日舞のような淑《しと》やかな振り付けも入ったりする。

わずか三十分のあいだに、それら様々なものを体験し、光則はくたくたになった。ダンスがこんなにも体力を使うのかと、初めて知った。

それでいて、視線は三十一歳の熟れ頃ボディへと注がれる。腰に巻いた布が、時おりひらりと舞いあがり、鍛えられた証の小ぶりなヒップがあらわになると、胸の鼓動がますます速くなった。

（やっぱり、余分なお肉がついてないいんだな）

だからと言って、ガリガリに痩《や》せているわけではない。女性らしい柔らかな曲線も、しっかりキープしていた。

レッスンが終了すると、光則はへたばって床に寝転がり、動けなくなった。

「お兄ちゃん、だいじょうぶ？」

近くにいた、いたいけな少女が顔を覗き込んでくる。こちらは大人なのに心配されて、情けなくなった。

けれど、疲れ切って返事もできない。

「はーい、今日はこれでおしまい。時間を見つけて、習った動きをきちんとおさらいするのよ」

多恵子の声かけに、子供たちが口々に「はーい」と元気な返事をする。さようならの挨拶《あいさつ》をして玄関に向かい、鳩《はと》たちが小屋から一斉に飛び立つみたいに帰っていった。

そのあとは、スタジオ内がしんと静まりかえる。

「はい、どうぞ」

多恵子がタオルを貸してくれる。光則は「すみません」と礼を述べ、のろのろと上半身を起こした。

暑かったのでパーカーを脱ぎ、顔や首の汗を拭う。その間に、彼女は音楽を流していたプレイヤーの電源を切り、レッスンに使ったものを片付けた。今日はこれで終わりらしい。

「それで、さっきの話の続きなんだけど」

戻ってきた多恵子が腰に巻いていた布をはずし、目の前に脚を流して坐る。肌色のタイツを穿《は》いていたことに、今さら気がついた。

「ああ、はい」

光則は坐り直し、改めて説明しようとしてうろたえた。自分のものではない、甘ったるいかぐわしさを嗅いだのである。

ここにふたりしかいない以上、誰の匂いかなんて考えるまでもない。事実、彼女の額や首にも、細かな雫が光っていた。特に疲れた様子ではなかったものの、あれだけ動けば汗をかくのも当然だ。

それがやけになまめかしい。

「え、どうしたの？」

怪訝な顔をされて、光則は焦った。咄嗟《とっさ》に、

「あの、枝嶋弁天ってご存知ですか？」

頭に浮かんだことについて訊ねた。

「ああ、商工会の文書に書いてあったやつね。祭の中心になるお堂に安置された弁天像でしょ」

「ご覧になったことは？」

「わたしはないわ。でも、ウチの主人に訊いたら知ってたわよ。前に行ったことがあるんだって。赤ん坊を抱いた金ぴかの弁天様で、おっぱいが大きかったって言ってたわ」

露骨なことをさらりと言われ、どぎまぎする。思わず、レオタードの胸元に視線を向けてしまった。そちらも鍛えたことで引き締まったのか、なだらかな盛りあがりである。

(——て、何をしてるんだよ)

不謹慎だと、ふくらみから目を逸《そ》らす。光則は軽く咳払いをして取り繕った。

「それで、祭では最後に、弁天様に舞を奉納して終わらせたらどうかっていう案が出たんです。ちょっと厳かに、神事っぽく」

「なるほど」

「その舞の振り付けを、奈良橋先生にお願いできないかと思って、こうして伺ったんです。振り付けだけじゃなく、できれば踊り手も務めていただけたらと」

「ふうん。ところで、祭の日にちは、もう決まったのかしら？」

「まだ決定ではないですけど」

だいたいこのあたりになるというところを伝えると、多恵子がうなずいた。

「それならだいじょうぶだと思うわ」

簡単に引き受けてもらえそうで、光則は安堵した。ところが、彼女がふと表情を曇らせる。

「ところで、さっきから気になってたんだけど」

咎《とが》めるような口調だったものだから、光則はドキッとした。レッスン中におしりを見ていたことや、さっき胸元に注目したのを咎められるのかと思ったのだ。

「わたしのこと、先生って呼ばないでほしいのよ」

予想もしなかったことを言われ、「え？」と戸惑う。

「ここの生徒ならまだしも、あなたはスクールとは関係ないんだもの。なのに、先生なんて呼ばれるのは抵抗があるわ」

ダンスを教えているのだから、先生でよさそうなものだが。しかし、本人が嫌だというのに、押し通すわけにはいかない。

「わかりました。それじゃあ、奈良橋さんで」

呼び方を変えると、多恵子は渋い顔を見せた。

「それも他人行儀だし、下の名前にしてちょうだい」

光則がうろたえたのは、千尋とのことを思い出したからだ。

『わたしが名前で呼ばれたいのは……ひとりの人間っていうか、女として見られたいからなの――』

彼女はそう言って、下の名前で呼ぶよう求めたのである。さらに、そのあとで童貞を奪われたのだ。

もしかしたら、多恵子も男が欲しいものだから、年下の男を誘惑しようとしているのか。

（いや、そんなことあるわけないだろ）

自らにツッコミを入れ、かぶりを振る。

「え、どうかしたの？」

多恵子が怪訝な面持ちを見せた。

「ああ、いえ。それじゃあ、多恵子さんで」

「うん。それでいいわ」

彼女が満足げに白い歯をこぼす。やけに艶っぽい笑顔に、光則は心を鷲摑《わしづか》みにされた心地がした。

「ところで、奉納の舞っていうのは、どんな感じにすればいいのかしら?」

「あ、はい、ええと──」

瑞希に言われたことを思い出しながら、光則は要望を述べた。日本舞踊のような淑やかな動きで、来年以降も引き継いでもらうために、あまり難しくないもの。ひとりがメインで踊り、後ろにふたりぐらい補助的に付くようなかたちにしてもらいたいなどと。

「あとは見たひとの記憶に残るように、神秘的な感じがあったほうがいいと思うのと、ちょっとセクシーな要素もほしいです。祭の中心になる弁天様は、子孫繁栄のシンボルでもあるので」

と、自身の要望も付け加えた。

「なるほどね。音楽は?」

「あ──」

言われて、確かに必要だなと気がつく。そこまで考えていなかったのだ。

「ええと、何か和風の、合うものがあればいいんですが」

我ながら無責任なお願いをしているとわかったので、光則は肩をすぼめた。すると、多恵子が何もかも承知したという顔つきでうなずく。

「フリー素材の音楽に、雅楽っぽいものもあったと思うから、わたしのほうでよさそうなのを探してみるわ」

すべて引き受けてくれるようで、光則は感謝感激であった。

「ありがとうございます。よろしくお願いします」

深々と頭を下げると、人妻ダンサーがすっくと立ちあがる。

「今、ちょっと閃《ひらめ》いた動きがあるから、やってみるわね」

そう言って、フロアの真ん中に進んだ。

話を聞いただけで、もう踊りが浮かぶなんて。さすがプロは違うなと、光則は感心するばかりであった。

多恵子がポーズを取る。赤ん坊を抱く女性のような、母性と慈愛の感じられる立ち姿であった。

そこに、あの弁天像がオーバーラップする。

(多恵子さん、本当に枝嶋弁天を見ていないのか?)

なのに、ここまでイメージぴったりなポーズを取れるなんて。これが才能というものなのか。表情も完璧《かんぺき》だ。

　十秒ほど静止した後、彼女がからだの位置を少し下げる。そこからすっと横に流れ、フロアに足をすべらせた。

（わあ……）

　光則はうっとりして眺めた。

　注文したとおりの、日本舞踊を思わせるしなやかな動き。爪先《つまさき》から指先に至るまで、淑やかさが滲み出ていた。

　しかも、やけに色っぽい。たとえば胸元やおしりを強調するような、煽情的なしぐさは皆無なのに、見ているだけで胸の鼓動が高鳴る。

　おかげで、股間もムズムズしてきた。

　多恵子が舞ったのは、ほんの三分ほどであったろう。けれど、光則はすっかり心を奪われ、レオタードの美女に熱い眼差しを送っていた。

「こんな感じでどうかしら？」

　踊りが終わり、多恵子が小首をかしげて訊ねる。光則は我に返り、手が痛くなるほどの拍手を送った。

「素晴らしいです。感動しました」

称賛に、彼女は満足げに頬を緩めた。

「じゃあ、今みたいな感じで構成してみるわね。あまり長くても見るひとは飽きちゃうだろうし、長さは五分ぐらいでいいかしら」

「そうですね」

光則は十分でも二十分でも見ていられるが、みんながみんなそうではあるまい。歌一曲ぶんの長さだと考えれば、そのぐらいが妥当であろう。

「じゃあ、枝嶋君も踊ってみる?」

言われて、「え?」と戸惑う。

「おれがですか?」

「どういうものかカラダで知っておいたほうが、プロデュースもしやすいと思うわよ」

そんな権限のある立場ではなかったものの、せっかく引き受けてもらえたのだ。要望に応えねばという心持ちになる。

「わかりました」

「その前に、ストレッチをしたほうがよさそうね」

多恵子が背後に回ったものだから、光則は何をされるのかと戸惑った。

「さっき、子供たちの動きについていけなかったのは、カラダが硬いからよ。人形みたいに、踊りがぎくしゃくしていたわ」

「ああ、そうかもしれないです」

「じゃあ、脚をのばして」

「あ、はい」

床に尻をつき、両脚を前に真っ直ぐにのばす。ストレッチ体操をする姿勢になると、彼女が両肩に手をかけた。

「わたしが押すから、逆らっちゃダメよ」

「わかりました」

「息を吸って——ゆっくり吐いて」

肺に限界まで溜《た》めた空気を、そろそろと吐き出す。それに合わせて、多恵子の手に力が込められた。

腰の角度が直角から八十度。さらに七十度に迫ろうとしたところで、早くも苦しくなる。

「うう」

光則は呻いた。昔は爪先に指が届いたはずが、ちゃんと運動をしなくなってだいぶ経つ。配達などで肉体労働をしていても、筋肉や関節がかなり固まっているらしい。

「ほら、力を抜いて。だいじょうぶ。ゆっくりするから」

多恵子が励ます。ぐいぐいと力を込めて押すのではなく、押しては少し戻すを繰り返した。

それでも、やはり限界がある。

「ちょっと硬すぎるわね」

背後からのあきれた声に、顔が熱くなる。恥ずかしかったのと、早くも息が上がっていたためだ。

（え？）

背中に密着するものの感触にドキッとする。おまけに、なまめかしい香りが強まったのだ。

「少し強くするわよ」

多恵子の声が、すぐ耳元で聞こえたことではっきりする。彼女がからだ全体で密着してきたのだ。

（え、それじゃ――）

肩甲骨に当たるふにっとした感触は、おっぱいに違いない。レオタードの上からはあまり目立たなかったが、密着したらはっきりとわかった。

そして、体重をかけられることで、女体全体の柔らかさも顕著になる。それから、かぐわしさも。

「ほら、緊張しないの。そうね、からだがタコみたいに軟らかく、ぐんにゃりなるのをイメージしてみて」

言われたとおりにしようと試みても、頭に浮かぶのはタコでも自分の肉体でもない。レオタードをまとった女体である。

しかも、姿こそ見えなくても、感触と匂いをあからさまに感じるのだ。おかげで、からだは一向に軟らかくなる気配がないのに、股間の一部が硬くなる。

（うう、まずい）

昂奮して、息づかいも荒くなってきた。

「え、そんなに苦しいの？」

心配されても、違うとは言えない。では、どうしてそんなに息が荒いのかと、疑われてしまってもまずい。

どうすればいいのかと懊悩《おうのう》するあいだにも、海綿体が血液を集合させる。光則はいよいよ追い詰められた。

3

「うわっ」

いきなり背中が軽くなったものだから、光則は驚いた。ずっと前に押されていた反動で、後方にひっくり返ってしまう。

「バカね、何やってるの?」

多恵子があきれた声で言う。しかし、それはこっちの台詞《せりふ》だ。どうしていきなり身を剝がしたのか。

おそらく、光則が苦しそうだから、小休止を取ろうとしたのだろう。それが予告もなくいきなりだったから、こういうことになってしまったのだ。

それでも、呼吸が楽になったから、手足を床にのばす。

「え、何それ」

咎める声に、寝転がったら駄目なのかと訝る。だが、そうではなかった。

「あうっ」

光則は腰をガクンとはずませ、身をよじった。脇に膝をついた人妻が、股間のテントを握り込んだのである。

「不真面目じゃない？　せっかくストレッチに付き合ってあげたのに、こんなところを大きくするなんて」

なじられても、弁明などできない。居たたまれなくて、頬が熱くなる。

（だけど、多恵子さんがどうして？）

見咎めるだけならまだしも、ズボン越しとは言え、夫以外の男のモノを握ったのだ。こんなはしたないことをする女性には見えなかったのに。おまけに、

「からだといっしょで、ここも硬いのね」

などと、品のない冗談まで口にする。

「す、すみません。ごめんなさい」

光則はひっくり返ったまま、快感に腰をくねらせながら謝った。こんなことで気分を害して、振り付けをしないなんて話になったら困るのである。

すると、多恵子が興味津々というふうに顔を覗き込んでくる。

「ねえ、どうしてこんなに大きくなったの？　さっき、あんなに苦しがってたじゃない」

真っ直ぐな問いかけに戸惑う。自身が年下の男を昂奮させたという意識がないのだろうか。

「多恵子さんが背中に密着したからです」

「それだけで？」

「あと、いい匂いもしたし」

羞恥にまみれつつ正直に答えると、彼女が目を落ち着かなく泳がせた。

「ニオイって――あ、汗くさいだけでしょ」

強ばりから手をはずし、腕の匂いを嗅ぐ。そんなしぐさにも、光則はときめかされた。

（本当に、全然意識してなかったみたいだぞ）

ダンスひと筋で生きてきたため、男女のことには疎いのか。平気で牡の高まりに触れたのも、体育会系的なざっくばらんな性格ゆえかもしれない。

それでも、さっきの舞はとてもセクシーで、成熟した女の色気を感じずにはいられなかった。その影響もあって、股間がやすやすと反応したところもある。

「多恵子さんみたいに魅力的な女性のおっぱい――カラダに密着されたら、男として反応するのは当然ですよ」

光則は身を起こし、自分が悪いわけじゃないと訴えた。

「……そうなの？」

彼女はどこか不服そうである。心から納得したわけではないらしい。

「ひょっとして、最初からわたしのことを、いやらしい目で見ていたの？　こういう格好をしているから」

自身のレオタード姿を見おろし、眉をひそめる。あからさまな肉体のラインに欲情したと考えたようだ。

「そんなことありません。いや、魅力的だとは思いましたけど、それぐらいで妙な気持ちになったりしませんから」

光則は即座に否定した。

「じゃあ、本当に、わたしのニオイでオチンチンが大きくなったの？」

もちろんそれだけではない。密着されたせいだと、最初に理由を言ったのだ。ところが、多恵子は体臭の件が引っかかっているようだ。

「まあ、それもあります」

いちおう認めると、彼女がにじり寄ってきた。

「じゃあ、証明して」

「え？」

「わたしのカラダを嗅いで、本当に昂奮するのか確かめたいのよ」

どうしてそこまでムキになるのかわからない。あるいは体臭にコンプレックスでもあるのだろうか。

とは言え、かぐわしいフレグランスを、堂々と堪能《たんのう》できるのだ。まさに降って湧いた幸運と言える。

光則はコクッとナマ唾を呑み、レオタードの胸元に顔を近づけた。Uの字の襟元から、汗で湿った白い肌が覗くところへ。

「ああ」

自然と声が洩れる。酸味を含んだ甘ったるさは、これが魅力的な人妻のものだと考えるだけで、胸に昂りがこみ上げた。

「すごくいい匂いです」

感動をあらわにしても、多恵子は変わらず信じ難いという顔つきだ。ならば、もっとかぐわしいところを確認しようという気になる。

「腕を上げてもらえますか？」

「え、腕？」

彼女は怪訝な面持ちながら、両手を頭の後ろで組んだ。それにより、腋窩《えきか》があらわになる。

汗が光るそこには、わずかにポツポツと剃《そ》り跡があった。こうして近くで見ないとわからない程度のものだ。

けれど、美女の隙《すき》を発見したことで、妙にドキドキする。

「そんなに見ないで」

多恵子がなじり、身をくねらせる。もっとも、腋毛《わきげ》の剃り跡を発見されたことには、気がついていない様子だ。

一方で、どうしてこんなポーズをとらせたのかは、察していたに違いない。光則が湿った窪《くぼ》みに顔を近づけても、逃げようとしなかった。

汗をかきやすいところだし、酸っぱい匂いがするのかと予測していた。ところがそこは、乳くさく甘ったるい香りが強かった。

（ああ、素敵だ……）

汗をかいた美妻の腋をクンクンするなんて、そうそう経験できることではない。貴重な体験は昂奮も著しく、ブリーフの中で分身が雄々しく脈打った。

「ねえ、くさくないの？」

戸惑い気味の問いかけに、光則はかぶりを振った。

「全然。とってもいい匂いです」

わざわざ言葉に出さずとも、うっとりした面持ちで、彼女もわかっていたのではないか。やるせなさげに身をよじる。

「……ヘンタイ」

なじる言葉は優しい。気分を害しているふうではなかった。

「それじゃあ、オチンチンも大きなままなの？」

「はい。ていうか、もっと元気になってます」

「見せて」

短い指示に、ためらったのはほんの刹那《せつな》であった。ここまで好きにさせてくれたお礼に、そのぐらいならいいかという気になる。

加えて、より淫らな展開を期待したためもあった。

いったん腋の下から離れ、ズボンのファスナーを下ろす。そこから勃起を摑み出そうとしたのであるが、やはり脱ぐことにした。

「え？」

光則がズボンとブリーフをまとめて脱いだものだから、多恵子が虚を衝《つ》かれたふうに固まる。そこまでするとは思っていなかったらしい。

それでも、下半身すっぽんぽんになった年下の男の、股間に聳《そび》え立つものに目を見開いた。

「まあ、こんなに……」

つぶやいて、白い喉を上下させる。レオタードに包まれた艶腰を、なまめかしく左右に揺らした。

(うう、見られた)

ビクビクと脈打つシンボルに熱っぽい眼差しを注がれ、顔が熱くなる。恥ずかしくてたまらないのに、誇らしくもあるのはなぜだろう。

(おれ、本当にヘンタイになったのか?)

ペニスを見られて昂奮しているというのか。

「本当に、わたしのニオイでそんなになったのね」

「そうです」

きっぱり答えると、多恵子が落ち着かなく目を泳がせた。

「ねえ、ここに寝て」

言われて、光則はフロアに仰向けで寝そべった。これはいよいよと、胸が痛いほどに高鳴っていた。

(え——)

今度は光則が驚いて固まった。なんと、人妻が胸を跨いできたのである。しかも、顔の前におしりを差し出すようにした。

ダンスのときには引き締まって見えた丸みも、こうして間近で見あげると、女らしい曲線とボリュームに富むとわかる。それを知ってもらいたいがために、こんな体勢になったのかと思えば、

「……ねえ、そこのニオイも嗅げる?」

多恵子が震える声で問いかけた。

(え、そこ?)

目の前にあるのは、女性の最もデリケートな部分だ。もちろん、レオタードでしっかり隠されているものの、喰い込んでこしらえられた縦ジワが、内部の形状を容易に連想させる。

もちろん、嗅ぐことにためらいはない。むしろどんな匂いがするのか、気になって仕方がなかった。

「もう少しおしりを下げてください」

「こう?」

丸みがそろそろと迫ってくる。やはり恥ずかしいようで、焦れったいほどゆっくりした動きだ。

（ああ、早く）

光則はとても待ちきれず、人妻ヒップを両手で摑むと、有無を言わせず引き寄せた。

「キャッ、ダメっ」

悲鳴が上がる。多恵子は抵抗しようとしたらしいが、不安定な姿勢でいたため、耐えられなかったようだ。

そのため、年下の男の顔面に、勢いよく坐り込むことになる。

「むううう」

湿ったものに口許をまともに塞がれ、反射的に抗う。けれど、熟成された汗のケモノっぽさと、チーズのようななまめかしさがミックスされたフレグランスに、頭を内側からガンと殴られたような衝撃を受けた。

（これが多恵子さんの――）

海外でも活躍するダンサーが、こんなにも生々しく、荒々しい臭気を股間に秘めていたなんて。腋毛の剃り跡を超える究極のプライバシーに、心臓の鼓動がいっそう激しくなる。

彼女はどうして陰部を差し出したのかと、疑問に思わないわけではなかった。もしかしたら、恥ずかしい匂いを嗅がれることに昂奮しているのだろうか。などと、いやらしいかぐわしさに陶然となりながら、ぼんやりと考える。

「バカ。お、重くないの?」

咎めるような問いかけにも、口を塞がれているから答えられない。代わりに、光則はこもるものを深々と吸い込んだ。

「あん。ほ、ホントにくさくないの?」

戸惑う声に続いて、屹立が握られる。指の柔らかさがしっとりと染み入る感覚に、快感の火花が脳内で飛び散った。

(多恵子さんが、おれのチンポを――)

ズボン越しではなく、直に握られたのである。

「え、すごい」

驚きを含んだ声を耳にして、その部分がいっそう猛《たけ》った。

「こんなに硬い。本当に昂奮してるのね」

ようやく納得した様子だ。昂りの証を手にすれば、認めないわけにはいかなかったであろう。

「むふッ、むううう」

光則は腰をよじって呻いた。巻きついた指が筒肉をすべったのだ。

「ゴツゴツしてる……」

秘茎の手ざわりを確認する触れ方が、次第に愛撫の動きへと変わる。しっかりと握り、包皮を巧みに上下させてしごいた。

人妻だけあって、彼女は男の歓ばせ方を心得ているようだ。千尋にされたときと同じく、光則は急角度で上昇した。経験が浅いのだから仕方ない。

おまけに、汗で湿ったレオタードヒップが顔に乗っかり、いやらしすぎる恥臭も嗅いでいるのだ。

「むっ、むっ、むっ」

限界が迫り、腰を跳ね上げる。いよいよなのだと、多恵子にもわかったはずである。

にもかかわらず、指がほどかれない。むしろ握りを強め、速い動きで男根を摩擦した。

ヌチュヌチュ……くちゅ――。

滴ったカウパー腺液が包皮に巻き込まれ、卑猥な粘つきを立てる。もはや絶頂を回避するすべはない。

（あ、いく――）

頭の中に白い靄《もや》がかかったと思うなり、全身に甘美な震えが行き渡る。次の瞬間、腰の裏で爆発が起こった。

「むふっ！」

喘ぎの固まりを吐き出し、光則は射精した。熱い体液が宙に舞ったのが、見えなくてもわかった。

「やん、出た」

驚きと喜びの交じった声が、耳に遠い。人妻ダンサーは手を休めることなく、脈打つ強ばりを玩弄《がんろう》し続けた。

おかげでオルガスムスが長引き、多量のザーメンを解き放つ。

（……おれ、多恵子さんにイカされた）

ここへは祭の協力依頼で来たはずなのに、どうしてこんなことになったのか。経緯がまったく思い出せない。記憶が馬鹿になるほどの、深い悦びにひたっていたためもあったろう。

最後に根元から先端まで強くしごかれ、尿道に残っていたぶんが絞り出される。気怠さを伴う余韻にまみれ、光則は力尽きて手足をのばした。

「むぅ、ううっ、ふう」

荒ぶる呼吸が、レオタードのクロッチに吸い込まれる。

「あ、ごめんね」

呼吸困難に陥らせていたと、多恵子はようやく気がついたらしい。焦って腰を浮かせ、光則の脇にぺたりと坐る。

「すごく出たわ。やっぱり若いのね」

感心した口振りが、妙に気恥ずかしい。漂う青くさい匂いにも物憂さが募り、光則は何も言わずに胸を上下させた。

4

渡されたボックスからティッシュを抜き取り、股間や腿に飛び散った精液の後始末をする。

「あの、どうしておれに、カラダの匂いを嗅がせてくれたんですか？」

ふと浮かんだ疑問を、光則は多恵子にぶつけた。

「どうしてって……」

彼女も指に絡みつく粘液を薄紙で拭いながら、困惑げに眉根を寄せた。

「ウチのダンナは、わたしがこの仕事から帰ると、すぐにシャワーを浴びろって言うの。汗の匂いが気になるみたい。まあ、もともと潔癖気味のところはあったんだけど」

「ああ、そういうやつって、おれの大学時代にもいました。友達が家に来ると必ずスリッパを履かせて、絶対に床を素足で歩かせなかったり、いちいち除菌スプレーを吹きかけたりとか」

「ダンナはそこまで極端じゃないけど、特に匂いには敏感みたい。しょっちゅう消臭スプレーをあちこちに使ってるから」

そういうのは本人の資質というか性格であり、直しようがないのだろう。

「だけど、もったいないですね」

光則がぽつりと洩らした言葉に、人妻が訝る面持ちを見せる。

「え、もったいない？」

「だって、せっかく結婚したのに、旦那さんは多恵子さんの素敵な匂いを知らないままってことなんですから」

それは光則の率直な思いであったが、多恵子には理解し難かったらしい。

「素敵って――」

顔をしかめ、頰を赤らめる。精を放って縮こまっていたペニスに手をのばすと、咎めるように握った。

「あう」

ゾクッとする快さに、腰が震える。海綿体に血液が舞い戻る予感があった。

「枝嶋君って、真面目そうに見えてヘンタイなのね」

なじりながら、軟らかな器官をモミモミする。

「そ、そんなことないですよ」

募る悦びに、光則は腰をよじった。

「そんなことあるの。腋の下をクンクンしたり、くさいオマンコにも昂奮するなんて」

露骨な言葉で年下の男を責め、秘茎を弄《もてあそ》ぶ人妻。子供たちにダンスを教える綺麗な先生が、同じ場所で淫らな行為に及んでいるのだ。

そんな状況にも劣情が沸き立ち、分身がたちまち復活する。射精して間もないため、鈍い痛みを伴って。

「え、もう大きくなったの?」

指をはじきそうに脈打つ器官に、多恵子が目を見開く。さすがに浅ましすぎるかと恥ずかしくなり、

「だって、今も多恵子さんのいい匂いがするから」

と、責任を彼女に転嫁した。

「またそんなこと言って」

眉間にシワを刻んだ多恵子が、筒肉に絡めた指をはずす。気分を害したのかと、光則は焦った。

しかし、そうではなかった。

立ちあがった彼女がレオタードのストラップに指をかけ、引っ張って肩からおろす。手のひらに収まりそうなサイズの乳房があらわになった。

(多恵子さんのおっぱいだ――)

レオタードを着ていたとき以上に、ふっくらと盛りあがっている。どうやらキツく締めつけられていたようだ。

ふわ――。

甘酸っぱい香りが漂う。着衣の内側にひそんでいたかぐわしさが、一気に解放されたのだ。

（やっぱりいい匂いだ）

これを嗅がずにいるなんて、彼女の夫は大馬鹿者である。

多恵子はレオタードを艶腰からも剝き下ろし、完全に脱いでしまった。残るは肌色のタイツのみ。その下に、アンダーショーツは穿いていないようだ。

（うう、色っぽすぎる）

遠目には全裸にしか見えないであろうが、全裸以上にそそられる。

そのとき、光則は気がついた。タイツの股間に、あるはずのヘアが透けていないことに。

（え、生えてないのか？）

天然のパイパンではあるまい。レオタードの脇からはみ出さないよう、陰毛を剃っているのだろう。

もっとも、昨今の女性はＶＩＯラインを処理するのが当たり前だとも聞く。特に必要だからではなく、エチケットでそうしているのかもしれない。

「ねえ、枝嶋君も脱いで」

言われて、光則はハッとした。

いつの間にか、多恵子が濡れた目で見つめている。自分はここまで肌を晒したのに、光則は上を着たままでいるのが不満のようだ。

（つまり、素っ裸になれっていうのか？）

こんな場所で脱いでいいのかと、躊躇せずにいられない。しかし、彼女がタイツに手をかけたことで、そうしなければならない気にさせられる。

射精はしたものの、あれで終わりではないのは明白だ。ふたりとも裸になるということは、最後まで許す気になっているのである。

（おれ、多恵子さんともセックスができるのか）

これがふたり目の女性、ふたり目の人妻。気が逸り、ためらいも消え失せる。

光則は慌ただしくシャツを脱いだ。すらりとした美脚の上を、肌色の薄物がくるくると巻かれていくのを見て、いっそう昂りながら。

ふたりはほぼ同時に、一糸まとわぬ姿になった。

やはり多恵子はパイパンだった。無毛の陰部は、肌がほんのり赤みを帯び、裂け目から濃い色の花びらを覗かせている。

（エロすぎるよ……）

卑猥な眺めに、勃起がしゃくり上げるように脈打つ。早くも新たな先汁を鈴口に溜めていた。

「こっちに来て」

彼女に手を引かれて立ちあがる。連れて行かれたのは、壁一面に張られた鏡の前であった。

「え、ここで？」

イチモツをギンギンにさせた自らの裸身をまともに見て、光則はさすがに恥ずかしくなった。すると、隣に寄り添った人妻が、反り返るモノに指を絡める。

「いやらしいことをしてる自分の姿を見るのって、昂奮しない？」

淫蕩な眼差しで問いかけられ、「それは、まあ」とうなずく。

鏡に映る姿は、妙な生々しさがあった。鳩尾のあたりがやけにムズムズする。

ラブホテルには鏡張りの部屋があると聞いたことがあるし、こういう感覚は普通なのだろうか。

「わたし、一度ここでやってみたかったの」

多恵子が告白する。それがいつから抱いていた願望なのかはわからない。もしかしたら、ダンスを習いだしたであろう少女時代から、イケナイ妄想をしていたというのか。

（この様子だと、オナニーぐらいならしたことがあるんじゃないか？）

生徒たちが帰ったあと、鏡に自らの裸体を映し、秘められたところを晒してまさぐったのだとか。そんな想像をしたら、頭が沸騰しそうになった。

「今度は枝嶋君が、わたしを気持ちよくしてくれる番よ」

そう言ってペニスを放した多恵子が、床に尻をつく。仰向けになると両脚を掲げ、爪先に指をかけたまま左右に開いた。

さすがダンサーだけあって、からだが軟らかい。脚が綺麗な弧を描き、両腕は真っ直ぐにのびている。全身が上弦の弓のかたちであった。

しかも全裸でパイパンだから、これ以上はないほどに、女陰があからさまに晒されている。

（うう、いやらしい）

花弁がほころび、ピンク色の粘膜が覗いている。アヌスもまる見えだ。

「ねえ、舐めて」

急《せ》いた口調でのおねだりを受け、光則はすぐさま彼女の股間に屈《かが》み込んだ。

間近で目にする恥芯は、大陰唇と小陰唇のミゾの隙間に、白いカスのようなものがわずかにあった。男の恥垢《ちこう》と同じなのかもしれないが、美女のあからさまな痕跡《こんせき》に、軽い目眩を覚えるほどに昂奮する。

おまけにそこからは、レオタード越しに嗅いだものより酸っぱみの強い、チーズっぽい秘臭がたち昇っていた。

(ああ、いい匂い)

味も確かめたくなって、光則は蜜園に口をつけた。舌を裂け目に入れると、かすかな塩気が味蕾《みらい》に広がる。

「はひっ」

多恵子が声を洩らし、開かれた腰をガクンとはずませる。鋭い反応に煽られて、光則はかぐわしい女芯を貪欲《どんよく》にねぶった。

「ああ、あ、それ、気持ちいいっ」

悦びを口にされて、ますます張り切る。

大開脚で陰部を晒しているおかげで、敏感なところを舐めやすい。指を添えるだけで、クリトリスが包皮を脱いで現れた。

硬く尖ったそれを、舌先でチロチロとくすぐる。

「くぅぅぅぅーっ！」

呻き声とともに、女体がビクッ、ビクンと歓喜の痙攣を示した。

秘核の裾にも、白い付着物があった。それをこそげ落とすことで、彼女がいっそう身悶《みもだ》える。

「イヤイヤ、よ、よすぎるぅ」

裸身を跳ね躍らせても、開脚ポーズはそのままだ。さすが鍛えているだけのことはある。

光則は感心しながらクンニリングスを続けた。千尋にしたときも感じてくれたし、ひょっとして才能があるのかと有頂天になりながら。

（よし。このままイカせてあげよう）

そう思ったのであるが、

「ちょ、ちょっとやめて」

多恵子に制止されてしまった。

（え、どうして？）

不満ではあったが、本人の要望を無視するわけにはいかない。相手は年上だし、こちらは女性を知ってから日が浅いのだ。

仕方なく女芯から口をはずすと、大胆に開かれていた脚が閉じられる。本当にこれでおしまいなのかと思えば、多恵子は仰向けのまま、両脚を揃えてからだを折り畳んだ。爪先が、頭の上側の床につくまでに。

それにより、ヒップがさらに上向く。ほころんでいた恥割れが合わさり、ぷっくりした肉饅頭《にくまんじゅう》をこしらえた。

(うう、エロい)

これはこれで、そそられる眺めである。色素がやや濃いめの、排泄口たるツボミにも目を惹かれた。

「ねえ、おしりのほうも舐めて」

そのお願いに呼応するみたいに、アヌスがキュッとすぼまる。つまり、そこを舐めてほしいのだ。

(マジかよ……)

そんなはしたないおねだりをされるとは、予想もしなかった。

脚がぴったりと閉じられているため、彼女の顔は見えない。もしかしたら恥ずかしくて、わざと隠したのだろうか。

それだけに、本気で求めているのだとわかった。

千尋とシックスナインをしたときも、愛らしい秘肛に魅力を感じた。秘めやかな匂いにも昂奮させられたが、残念ながらちょっかいを出す前に逃げられてしまった。

あのときできなかったことが、ようやく叶《かな》うのである。もちろんためらいなど微塵《みじん》もなく、光則は嬉々として放射状のシワに舌を這《は》わせた。

「あふぅうう」

切なげな声に続き、太腿がビクビクとわななく。ツボミもくすぐったそうに収縮した。

「あん……気持ちいい」

人妻の息づかいがはずみだす。ちゃんと快感を得ているようだ。

(多恵子さん、おしりの穴も感じるのか)

しかしながら、潔癖症らしき夫が、そんなところまで舐めるとは思えない。クンニリングスだってしなさそうなのに。

だからこそ、彼女は従順な年下の男に、ここぞとばかりに奉仕させているのではないか。

いくら気持ちよくても、アナル舐めだけで頂上に向かうとは思えない。光則は指先で恥割れの上側をほじり、隠れてしまったクリトリスを刺激した。

「あああ、そ、それいいっ」

多恵子がよがり、畳んだ裸身を落ち着かなく揺らす。体勢がキツいのか、「うーうー」と呻くような声も洩らした。

（よし、今度こそ）

徹底的に感じさせるのだと、光則は発奮した。

視線を横に向けると、彼女と自分が鏡に映っている。からだを折った女性の股間に、口をつけた浅ましい姿。世界一いやらしいことをしている気がした。

おかげで、舌づかいにも熱が入る。秘肛をほじり、内部への侵入を試みた。

「イヤイヤ、だ、ダメぇ」

悲鳴が上がり、括約筋が必死に抵抗する。さすがに直腸内を探られるのは好まないらしい。

ならばとソフトにくすぐると、可憐《かれん》なツボミを心地よさげにヒクヒクさせる。

愛らしい反応と、人妻の肛門を舐めるというアブノーマルな行為にも昂って、反り返るペニスが下腹を何度も打ち鳴らした。

「うあ、ああ、へ、ヘンになりそう」

舌と指で同時に攻められ、女体城は陥落寸前のようである。花びらの合わせ目に、透明な蜜が今にも滴りそうに溜まっていた。

(もうすぐイキそうだぞ)

その瞬間を見届けるべく、指と舌の動きをシンクロさせると、

「あひッ!」

鋭い声を発した女体が、硬い床の上でガクンと跳ねる。曲げていたからだをそのまま横臥させ、膝を折った。

「ハッ、はふ……ふぅ」

胎児のように丸まり、多恵子が息づかいを荒ぶらせる。頬がやけに赤い。

(え、イッたのか?)

アダルトビデオで見るような、派手な昇りつめ方ではない。むしろあっ気ないぐらいだった。

ただ、そのぶんやけに生々しく、リアルだったのは確かである。

(ていうか、おれ、初めて女性をイカせたんだ)

千尋とセックスをしたときは、そこそこ感じてくれたようながら、オルガスムスには至らなかった。まあ、あれが初体験だったのだからしょうがない。

けれど、ふたり目の交歓で、女性を頂上に導けたのである。ペニスではなく、舌と指を使ってであるが。それでも、童貞を卒業したとき以上に、一人前の男になれた気がした。

「はあ」

深く息をついて、多恵子が仰向けになる。胸を大きく上下させながら、閉じていた瞼をゆっくりと開いた。

「……イッちゃった」

つぶやくように言い、頬を緩める。全裸であることを差し引いても、これまでで一番色っぽかった。

「多恵子さん、とっても綺麗です」

真っ直ぐな賛美が、自然と唇からこぼれる。心からそう思ったのだ。

すると、彼女がうろたえて目を泳がせる。年下の男から容姿を褒められて、照れくさかったのだろう。

「ば、バカね」

口早になじり、からだを起こす。

「ほら、ここに寝なさい。足を鏡のほうに向けるのよ」

言われて、素直に応じる。仰向けになって頭をもたげると、強ばりきった陽根の向こうに、自分の顔があった。

生まれてからの長い付き合いでも、イチモツとのツーショットを目にするのは初めてだ。妙に居たたまれなくて、光則は後頭部を床に戻した。

「じゃあ、今度はふたりで気持ちよくなりましょ」

人妻が腰を跨ぎ、そろそろと身を屈める。牡の漲りを逆手で握ると、自らの底部へと導いた。騎乗位で交わるつもりなのだ。

「オチンチン、すごく硬いわ。ギンギンよ」

はしたないことを口にして、尖端《せんたん》を恥ミゾにこすりつける。割れ目に溜まっていた愛液が、亀頭粘膜を温かく潤滑した。

（ああ、いよいよ）

ふたり目の女性と体験できるのだ。長らく童貞だったのに、立て続けにいい目に遭えるなんて。

帰郷して正解だったと、自身の選択を自画自賛したところで、聳え立つ分身に体重がかけられた。

「あん……ヌルッて入っちゃいそう」

多恵子が予想したとおり、肉槍《にくやり》は抵抗を受けることなく、熱い潤みにずむずむと呑み込まれた。

「あはぁッ」

しなやかな裸身が、背すじをピンとのばす。ふっくらした乳房が、胸元でゼリーみたいにはずんだ。

（入った——）

甘美な締めつけを浴びて目がくらむ。太腿の付け根に乗った臀部《でんぶ》の柔らかさも、彼女と結ばれた実感を与えてくれた。

「あん……いっぱい」

ふうと息をつき、多恵子が腰をそろそろと回す。まといつくヒダで敏感なところをこすられ、光則は腰をよじった。

（うわ、気持ちいい）

しかし、それはまだ序の口だった。彼女は前屈みになって床に両手をつくと、ヒップを上下に振り立てたのだ。

「あ、あ、あ、はふっ」

息をはずませ、蜜穴で肉根を摩擦する。こんなダンスがあるのかと思えるほど、腰づかいが堂に入っていた。

（うう、たまらない）

光則は奥歯をギリリと嚙み、上昇を抑え込んだ。セックスでも人妻をイカせたかったからだ。

もっとも、完全に受け身の体勢である。仮に彼女が昇りつめても、自分の手柄だとは言えない。

すると、多恵子が逆ピストンを続けながら、背後を振り返る。

「はうう、オチンチンが、オマンコに刺さってるぅ」

結合部が鏡に映っているらしい。それを見て、昂奮を高めているようだ。

どうなっているのかと、興味がふくれあがる。けれど、頭をもたげても彼女の上半身が邪魔して、鏡に映る姿は拝めなかった。

（ずるいよ、自分ばっかり）

思っても口には出せず、光則は焦れるばかりであった。それに多恵子も気づいたらしい。

「あら、枝嶋君も見たいの？」

わかりきったことを訊ねられ、憮然《ぶぜん》としてうなずく。

「だったら、ナマで見せてあげるわ」

言われても、どういうことなのか、すぐにはわからなかった。

多恵子が繋がったまま、からだの向きを変える。分身を水平方向にこすられて、光則は「あうう」と呻いた。

「もっと脚を開いて」

言われたとおりにすると、彼女が再び前屈みになる。おしりがぱっくりと割れ、結合部があらわに晒された。

（ああ、いやらしい）

さっき、さんざんねぶったアヌスの真下、濡れた肉色のスティックが、蜜穴に入り込んでいる。愛の営みというより、交尾というストレートな言い回しがぴったりくる眺めだ。

「これなら、オマンコに入ってるところがよく見えるでしょ」

息をはずませながら、露骨すぎることを言う人妻。両膝を立ててしゃがんだ姿勢になると、さっきよりもリズミカルに腰を上げ下げした。

「あ、あ、あ、あん、深いぃ」

丸みと下腹がぶつかって、パツパツと湿った音を鳴らす。逆ハート型の艶尻の切れ込みに見え隠れする肉根に、白く濁った淫液がまといつきだした。

スクールのポスターに載っていた、多恵子のステージ写真が脳裏に蘇る。素敵なダンスに魅了された観客たちも、こんなエロチックな姿は想像すらしまい。そう考えると、彼女を独占している喜びがふくれあがった。

とは言え、多恵子は光則のためだけに、悦楽の舞を披露しているわけではなかった。

「ああん、わ、わたし、年下の子とハメちゃってるぅ」

感に堪えない声を上げる人妻は、鏡に映る己の姿をしっかり見ているようだ。

女芯にペニスを受け入れたところも、今度は正面から。演者たる彼女自身が、卑猥なショーの観客でもあったのだ。

そして、交わりの中心に手がのばされる。

「あああっ」

光則は喘ぎ、腰をガクガクと跳ね上げた。柔らかな指で、牡の急所を愛撫されたのである。

「ふふ、キンタマも気持ちいいの?」

このひとは、いったいどこまでいやらしくなるのだろう。快感で頭がぼんやりする中、対抗するように腰を突き上げる。

「きゃふッ」

多恵子が鋭い声を発する。すらりとしたボディが、腰の上で前後に揺れた。

「それいい……感じすぎちゃう」

泣くように言われ、ならばと真下からの攻撃を続ける。

「あん、あんッ、お、奥に当たってるぅ」

さっきまで子供たちが踊っていたフロアに、淫らなよがり声が反響する。まったく別の空間に来てしまったかのようだ。

愉悦に身をよじる彼女は、いよいよ極まってきたらしい。

「気持ちいい……も、イッちゃいそう」

ハッハッと息を荒らげての、アクメの予告。それを耳にしたことで、光則も急速に上昇するのを感じた。

「お、おれも、もう」

危機が迫っていることを伝えると、多恵子が「うん、うん」とうなずいた。

「い、いいわ。中でイッて。あったかいの、いっぱいちょうだい」

さっきは手でほとばしらせた牡のエキスを、膣奥に注ぎ込んでほしいのだ。もしかしたら射精を目にしたときから、そんな心境になっていたのだろうか。

もちろん、光則には願ってもないことである。

「た、多恵子さん」

名前を呼び、下からのピストンを繰り出す。

「あひぃいい、い、いいの、イッちゃう、イクぅ」

今度は高らかな声を上げ、人妻が頂上へ駆けあがる。それに追従して、光則もオルガスムスを迎えた。

「ううう、で、出ます」

「イヤイヤ、イクイクイクぅー」

派手に昇りつめた女体の奥に、光則は熱い激情をたっぷりと放った。二度目とは思えない射精は長く続き、睾丸《こうがん》が空になるのではないかと思えた。

(最高だ——)

多恵子が脇に崩れ落ちる。こちらにおしりを向けて横臥し、脇腹を上下させた。

「はあ、は……」

息づかいに呼応するように収縮する秘芯から、白い粘液がどろりとこぼれた。

第三章　熟女も濡れる山小屋

1

「じゃあ、休憩にしましょうか」

多恵子が言い、ホッとした顔を見せたのは瑞希だ。

「ああ、やっと終わった」

額の汗を手の甲で拭い、本音をポロリとこぼす。

「終わったんじゃなくて、休憩よ」

千尋にたしなめられ、彼女は「わ、わかってますよ」と赤くなった。

ここは商工会の会議室。テーブルをどかしてスペースを空け、祭で披露する奉納の舞を練習していたのだ。

メインの舞手は多恵子である。パートナーを務めるのは瑞希。もうひとり、千尋は脇で見守る役目を担う。光則は現場監督みたいな立場でこの場にいた。

瑞希はパートナーとはいっても、補助的に舞うだけである。動きは多くない。

それでも、ダンスは学生時代の体育以外でしたことがないということで、かなり苦労しているようだ。

自分には絶対に無理だと、彼女は最初断った。しかし、主催が商工会で、しかも祭は今年が一回目だ。どういうものか、最初に手本を示す必要があると、商工会のメンバーが主要な役割を任されることになったのである。

来年以降は町民の中から舞手を募集するから今回だけと言われて、瑞希は渋々引き受けた。それでも、練習では手を抜くことなく、しっかりやっている。多恵子が舞うお手本のビデオを見て、家でもおさらいをしているようだ。

ちなみに、ビデオを撮影したのは光則である。多恵子に呼ばれてダンススクールに行き、カメラを回した。

それが終わると、また彼女とセックスをした。あのときみたいに鏡の前で、ふたりとも全裸になって。

千尋は夫とご無沙汰《ぶさた》とのことだったが、多恵子はそういうわけではないらしい。夫との営みは、毎日でこそないにせよ、きちんとしていると打ち明けた。

ただ、恥ずかしいところの生々しい匂いを嗅がれたり、アヌスまで舐められるような行為はしていない。それができる相手として、光則が選ばれたのだ。要は、普段は味わえない刺激を得るために。

しかしながら、どんな目新しいことも頻繁に行なってしまうと、少しも刺激的ではなくなる。彼女もそうとわかっているのか、三度目の誘いは今のところない。祭の準備もあって忙しく、それどころではないのだろうが。

おかげで、こうして同じ部屋にいると、光則はつい多恵子を物欲しげに見てしまう。そのくせ、視線に気づいた彼女がこちらを向くと、焦って顔を背けるのだ。まるで、異性に慣れていない童貞みたいに。

ふたりの人妻と濃密なひとときを過ごしても、中身はまったく変わっていないのか。少々落ち込む光則であった。

「ところで、衣装はどうするんですか?」

瑞希が訊ねる。「ああ、そうだったわね」と、千尋がうなずいた。

「既製品でなんとかなるかなって思ってたんだけど、素敵な舞だし、それだともったいないわよね。神様に奉納するのに相応しい、神秘的な感じの衣装をふたりには着てほしいわ。わたしは添え物だし、普通の着物でいいと思うけど」

考えを述べ、彼女が多恵子のほうを見る。

「どうかしら、多恵子さん?」

「衣装のほうはお任せします。踊りに支障がなければ、わたしは何でもかまいませんので」

振り付けも担当した人妻ダンサーは、笑顔で答えた。今は動きやすいジャージ姿だが、さすがにその格好は祭の舞台に相応しくない。

「瑞希ちゃんが見たお祭の舞って、たしか天女みたいな衣装だったたって言ってたわよね?」

千尋に確認され、瑞希はうなずいた。

「はい。薄手でひらひらした感じの」

「そうすると、誰かに作ってもらうしかないわね」

「それなら、古家《ふるや》さんがいいんじゃないですか?」

多恵子の提案に、千尋がなるほどという顔を見せた。

「佳美《よしみ》さんでしょ。うん、確かに適任だわ。洋裁が得意だし、猪又《いのまた》商店でも、佳美さんが作った服を売ってたものね」

ふたりの話に出た古家佳美は、光則も知っていた。枝嶋家の田んぼを貸している縁から手伝いを頼まれ、彼女と農作業をしたことがあるのだ。

広いようで狭い町のこと。佳美がかつて余所に嫁ぎ、離婚して実家に帰ったことも知っている。つまり、バツイチの出戻りだ。離婚の原因までは、さすがにわからないけれど。

ただ、いったいどうして別れたのかと、光則は本人と対面したときに疑問を覚えた。

佳美は働き者で、農作業もてきぱきとやっていた。何より色白の美人である。光則とはひと回り違いの三十七歳ながら、優しいお姉さんという印象で、そこまでの年の差を感じなかった。

正直、こんな素敵なお嫁さんを逃がすなんて、別れた夫はどうかしていると思った。

洋裁が得意なだけではない。農作業のときに出された豪華な弁当も、彼女の手作りだったのだ。家庭的だし、代わりになる女性などどこにもいまい。

もしかしたら、モラハラかＤＶが原因で、佳美は嫁ぎ先を逃げ出したのではなかろうか。あるいは義父母が意地悪く、しかも夫が庇《かば》ってくれなかったために、嫌気が差したとか。

何にしろ、原因が彼女にあるとは思えなかった。間違いなく、嫁を蔑《ないがし》ろにした相手の家が悪いのだと決めつけた。

「枝嶋君も、佳美さんを知ってるんでしょ？」

千尋に訊かれて、光則は我に返った。

「ああ、はい。田んぼの手伝いに行ったことがありますので」

「そうなの？　だったらちょうどいいわ。枝嶋君に行ってもらいましょ」

「え？」

話が見えず、目をぱちくりさせる。

「行くって、古家さんのところへ？」

「そうよ。舞の衣装を作ってもらうようにお願いしてちょうだい」

「おれがですか？」

「もちろんタダじゃなくて、相応のお金は払うからって。佳美さんは商工会には入ってないんだし、あくまでもお仕事として引き受けてもらわないと」

「そうですね……わかりました」

またもお使い事を頼まれて、けれど悪い気がしなかったのは、ひょっとしたらという思いがあったからだ。多恵子のところへ行ったときみたいに、イイコトがあるのではないかと。

年は離れていても、佳美は魅力的である。離婚に関して嫁ぎ先を非難したのは、彼女に肩入れし、同情したためなのだ。

佳美は離婚したあと、両親と実家で暮らしている。家の手伝いで農業をする他、自分の作った洋服を、地元の洋品店に頼んで店頭に置いてもらっていた。かなり人気で、すぐに売れてしまうそうだ。

普段、交流があるわけではないが、浮いた噂《うわさ》は聞かない。一度失敗して懲りたのか、結婚の話が来ても、すぐに断るなんて話も耳にしたことがある。

それでも、元は人妻だったのだ。年齢からして女の歓びにも目覚めているのだろうし、案外熟れた肉体を持て余しているのかもしれない。

よって、その場限りの交歓なら、案外あっさりと受け入れるのではないか。そこまで考えたところで、さすがに不真面目すぎると気がつく。

（おい、調子に乗りすぎだぞ）

光則は自分を叱った。ふたりの人妻に誘惑されたことで味を占め、すべての女性をエロい目で見るようになったらしい。

祭の言い出しっぺとして、真面目に取り組まねばならないのだ。そんなことでどうすると心を入れ替えたところで、

「えー、光則がお願いに行くんですか？」

瑞希が不服げに眉をひそめた。

「あら、ダメかしら?」

千尋が首をかしげる。

「ダメってわけじゃないですけど……」

瑞希は口ごもり、それ以上何も言わなかった。

「それじゃ、舞のほう、もう少し頑張りましょう」

多恵子が声をかけ、練習が再開された。


昼過ぎから始まった練習が終わったのは、午後三時を回った頃。千尋と多恵子が帰り、若手である光則と瑞希が後片付けをした。

テーブルと椅子《いす》を戻し、会議室を元どおりにしていると、

「ねえ、このあと佳美さんのところに行くの?」

唐突に質問され、「え?」と振り返る。瑞希が不機嫌そうに眉をひそめ、こちらを睨んでいた。

「うん。早いほうがいいと思うし」

「……なんかヤダなあ」

あからさまな嫌悪を示され、光則は戸惑った。

「古家さんは適任じゃないってこと？」

「そうじゃなくて、あんたが頼みに行くのが気に食わないの」

「どうして？」

「だって……ヘンなことになっても困るし」

言われて、光則は動揺した。さっき、何かイイコトがあるのではないかと期待したのを、見抜かれたと思ったのだ。

「へ、ヘンなことって？」

「佳美さん、バツイチだけど独身だし、美人だし」

光則が手を出すのではないかと疑っているようだ。それとも、逆に手を出されるのを危ぶんでいるのか。

「なに考えてるんだよ。べつに、初めて行くわけでもないのに」

「手伝いで行くのとは違うでしょ。ふたりで話をしているうちに、ヘンな気を起こさないとも限らないじゃない」

そんなに信用がないのかと困惑する。多恵子のところへ行くと決まったときには、何も言わなかったのに。

要は人妻なら大丈夫で、独身だと心配なのか。実際は、ふたりの人妻と深い仲になったのであるが。

そのことを知ったら、瑞希はどんな反応を示すだろう。

（だけど、独身ってだけで、佳美さんが気になるのかな？）

他に理由があるのではないかと訝ったとき、

「ていうか、光則って変わったわよね」

出し抜けに断言されてドキッとする。

「か、変わったって？」

まさか、童貞ではなくなったことに気づいたというのか。しかし、そうではなかった。

「わたしに対する態度よ」

「え、態度？」

「前より生意気になったみたいなんだけど。言葉遣いとか」

言われて、そうかもしれないと思い当たるところはあった。

以前は年上相手に相応しく、もっと丁寧な話し方をしていたのである。けれど今は、もっとざっくばらんというか、ほとんどタメ口になっていた。

おそらくそれは、セックスを経験したことと無縁ではないのだろう。多恵子をイカせたことで男としての自信がつき、瑞希を前にしても、以前よりは堂々と振る舞えるようになったのだ。

とは言え、生意気になったなんて言われるのは心外だ。彼女と違って、べつに相手を見下してなどいないのだから。

少々カチンと来たものだから、光則は逆襲を試みた。

「ひょっとして、おれを古家さんに取られるかもって、心配してるの?」

これに、瑞希があからさまにうろたえる。次の瞬間、

「バカッ!」

罵声《ばせい》とともに、思いっきりビンタを浴びせられた。

2

古家家を訪問したところ、佳美は不在であった。山の畑で仕事をしているとのことだ。

以前手伝った田んぼの近くということで、場所はわかる。光則はミニバンを走

らせ、そちらへ向かった。

コンクリート舗装の林道は狭く、車一台ぶんの幅しかない。けれど、山のほうには民家がないから、対向車にも会わず目的の場所に到着した。

そこは、なだらかな山の斜面に、田んぼが階段状にこしらえられていた。青々とした稲が風にそよぐ、牧歌的な風景だ。

田んぼの上にあるのが、斜面をそのまま利用した畑である。少し離れたところに、農具をしまうための小屋があるのは、前に来たときにも目にした。

（あ、いた）

畑の中に、鍬《くわ》を持った女性がいる。白いTシャツにジーンズというラフな服装。首にはタオルを巻き、ツバの広い帽子をかぶっていた。

「あの――」

近寄って声をかけると、彼女が振り返る。間違いなく佳美だった。

「あら」

こちらを向いた熟女が、明るい笑顔を見せる。自然と光則の頰も緩んだ。

ところが、

「待ってたわ。それじゃあ、お願いね」

思いもよらなかったことを言われ、目が点になる。

「え？　あ、あの」

「鍬はそこにあるわ。あと、軍手も」

見れば、確かに畑の脇に、鍬と軍手が置いてあった。あらかじめ準備をしてあったかのように。

（ひょっとして、畑仕事の手伝いに来たと思ってるのか？）

誰か助っ人が来る予定だったのが現れず、そこへたまたま自分が来てしまったのだろうか。

「じゃあ、こっちの畝《うね》を整えてちょうだい」

そこまで指示されたら、ひと違いだとは言いづらい。こちらは衣装作りをお願いに来た立場なのだから。

（ちょっと手伝うぐらいならいいか）

光則は軍手をはめ、鍬を持って畑に入った。

すでにしっかり耕してあるようで、土にサクッと刃が入る。ここまで全部、佳美がやったのだろうか。おかげで、畝作りは順調に進んだ。

夢中で鍬を使っているうちに、汗が滲んでくる。今日は天気がよく、気温も高かったのだ。

佳美がTシャツ姿だったのも納得だ。光則も一枚脱ごうかと、彼女のほうに視線を向けてドキッとする。

(あ――――)

バツイチ美女もかなり汗をかいたらしい。後ろ姿の背中に、濡れたTシャツが張りついていた。水色のブラジャーがくっきりと浮かび上がるほどに。

目を惹かれたのはそこだけではない。ジーンズが窮屈そうなヒップの丸みも、着衣なのにやけにセクシーだ。山の畑で、無防備にバックスタイルを晒しているせいで、妙にそそられた。

一緒に農作業をするのは、これが初めてではない。だが、以前ここに来たときは、ここまで薄着ではなかった。それに、彼女の両親もいたのである。

ふたりっきりだから、ついいやらしい目で見てしまうのか。そんなことを考えつつ、熟れ尻から目を離せないでいると、急にあたりが暗くなってきた。

(え、もう日が暮れたのか?)

まだそんな時間じゃないのにと思ったとき、今度は白い光がフラッシュのように、あたりを一瞬だけ照らした。

ひと呼吸置いて、

ドーンッ！

大砲を思わせる巨大な音が鳴り響く。それも、かすかな地鳴りを伴って。

（あ、雷――）

ようやく何なのかわかった。

見あげると、いつの間にそうなっていたのか、空一面を黒い雲が覆っていた。

これはひと雨来ると思ったのとほぼ同時に、大きな水の粒が勢いよく、無数に落ちてくる。

「あ、大変。こっちに」

佳美が焦った声を上げ、畑から駆け出す。光則も急いで続いた。

そんなふたりを目がけるように、雨粒がバシャバシャと降り注ぐ。乾いていたはずの地面に、たちまち水溜まりができた。間違いなくゲリラ豪雨だ。

農具小屋に飛び込んだとき、どちらも濡《ぬ》れ鼠《ねずみ》であった。

（うわ、酷い目に遭った）

鍬を置き、軍手をはずす。

ここに入ったのは初めてであるが、中にはものがほとんどなかった。壁の棚に鋤《すき》や鉈《なた》、鎌《かま》などの農具が並んでいるぐらいだ。あとは隅っこに、肥料の袋が三つほど積んであった。

おそらく農繁期には、一時的に苗や収穫物などもしまうのではないか。そのために、普段は広く空けているのかもしれない。床面積は三畳ほどと思われるが、それよりも広く感じられた。

ただ、窓がひとつしかなく、雨雲が立ちこめているせいで中は薄暗い。

屋根に当たる雨粒が、激しいドラムロールを打ち鳴らす。雨はますます酷くなっているようだ。

「びっくりしたわ。いきなり降ってくるなんて」

ハァハァと息をはずませる佳美は、本当に驚いたという顔つきである。天候が悪化していたことに、まったく気がついていなかったようだ。それだけ農作業に集中していたのだ。

気がつかなかったのは光則も一緒だが、熟女のヒップラインに心を奪われていた点が異なる。不真面目さゆえの失態であり、胸の内で密かに恥じ入った。

「あー、それにしてもビショビショだわ」

彼女も軍手をはずして帽子を脱ぎ、首に巻いていたタオルもほどいた。濡れたからだを拭《ふ》こうとしたようであるが、意味がないと悟ったようである。

「ごめん。ちょっと脱ぐわね」

言われた意味を理解する間もなく、佳美がTシャツの裾を両手でたくし上げる。すっきりした腹部があらわになり、続いて水色のブラジャーも現れた。

（え、え？）

そこに至って、光則はようやく状況が呑み込めた。彼女が濡れたものを脱ごうとしているのだと。

肌にぴったり張りついたTシャツを、佳美はどうにか頭から抜いた。それを絞って水滴を落としながら、声をかけてくる。

「そこの棚にブルーシートがあるから、敷いてくれない？」

「――あ、はい」

上半身下着姿の熟女に見とれていた光則は、焦って視線を逸らした。農具をしまった棚の前に進み、下の段に畳んであった青い敷物を引っ張り出す。

「これでいいですか？」

「ええ」

地面に広げると、彼女は靴を脱いで上にのった。

「枝嶋君もあがって。服、濡れちゃったでしょ?」

「ええ、まあ」

「脱いだほうがいいわよ。そのまま着てたら風邪《かぜ》をひいちゃうわ」

先に脱いだ美女に言われては、従わざるを得ない。

(古家さん、平気なのか?)

男の前で下着と肌を晒しながらも、堂々としている。

こちらがずっと年下だから、そんな格好でも恥ずかしくないのだろうか。濡れた服を苦労して身から剝がしながら、光則はぼんやりと思った。

佳美は靴下も脱ぐと、Tシャツと一緒にシートに広げた。膝をつき、ジーンズにも手をかけたものだからドキッとする。

(え、下も脱ぐのか?)

心臓がバクバクと音高く鼓動を鳴らす。当然ながら期待がこみ上げた。

けれど、さすがにやりすぎだと思ったのか、あるいは必要を認めなかったのか、彼女は下を脱がずに坐った。

(なんだ……)

落胆と同時に安堵もする。パンティまであらわになったら、居たたまれなくて近くにいられない。ブラジャーをまる出しにした今だって、息苦しさを覚えているぐらいなのに。

とりあえず、光則も上半身をすべて脱いだ。同じように絞ってシートに広げ、腰をおろす。

（あれ、何か忘れているような……）

ちょっと考えて、ここへ来た目的を思い出した。

「あの、古家さん」

声をかけると、佳美が首をかしげる。

「え、なに？」

「実は、お願いがあって来たんですけど」

「お願い……お手伝いじゃなくて？」

「いえ、違います」

否定すると、彼女は目をパチパチさせた。それから、ようやく何かを思い出したらしく、「あっ」と声を上げる。

「そうよ。今日お手伝いに来るのって、枝嶋君じゃなかったわ」

「はい。おれも聞いていませんでした」

「だったら、どうして手伝ってくれたの?」

「古家さんが、おれがそのために来たって思い込んでいたみたいなので、断りづらくって」

正直に答えると、佳美が頬を赤らめる。自分の早とちりで、年下の青年を農作業に引っ張り込んだことを、申し訳なく思ったらしい。

「ごめんね。前にも手伝ってもらったから、てっきりそうだと思い込んじゃったみたい」

「本当は、誰が来る予定だったんですか?」

「イトコなの。でも、来られたら来るみたいに言ってたから、他に用事ができたのかもね」

彼女は坐り直すと、改めて頭を下げた。

「本当にごめんなさい。手伝わせた挙げ句、濡れ鼠にさせちゃって」

「ああ、いえ。それは古家さんのせいじゃないですから」

光則はかぶりを振ると、本題に入った。いくらか見慣れたせいもあって、ブラジャーの胸元に目を奪われることもなく。

「実は商工会の主催で、新しい祭の開催が決まったんです」

枝嶋弁天を利用した祭祀《さいし》で、神輿や屋台の他、舞があることを伝える。今はその練習中だとも。

「それで、舞の衣装を、古家さんにお願いしたいんです」

どういうものかというイメージと、報酬の件も伝える。そのときは、間違いなく引き受けてもらえると確信していた。

ところが、佳美が難しい顔で腕組みをする。

「羽衣っぽいもの……そうすると、和装ってことになるのかしら？」

「ああ、いえ。あくまでもそういう感じというだけの話で、要は舞うときに映えるような、ひらひらした感じのものでいいんです」

「それでも難しそうだわ」

洋裁や和裁はもちろん、普通の縫い物だって家庭科の授業以外でしたことのない光則である。彼女の言う「難しそう」がどの程度のレベルなのか、皆目見当がつかなかった。

「あの、作っていただけませんでしょうか」

是が非でもという思いを込めてお願いしたものの、

「残念だけど……」

と、佳美が断りの返事を口にしかける。そのとき、外が明るい光で照らされた。

ドドーンっ、バリバリバリ！

爆音が大きく鳴り響く。雷が近くに落ちたようだ。

「キャッ！」

雷鳴にも負けない悲鳴を上げ、下着姿の熟女が抱きついてくる。ひんやりしたボディを、光則は咄嗟に抱きとめた。

（え、雷が怖いのか？）

いや、子供じゃあるまいし、三十七歳の立派な大人なのだ。ただびっくりしただけだろうと思えば、再び地鳴りのような音が轟《とどろ》く。

「やだやだ、もう」

佳美が嘆き、いっそう強くしがみついてきた。

（本当に怖がってるみたいだぞ）

まさか、ヘソを取られたくなくて、光則と肌をぴったり合わせているわけではあるまい。

子供っぽい反応を、軽蔑《けいべつ》することはなかった。むしろ愛らしいと思ったし、ひとりの女性として強く関心を抱いた。美しい外見や、気立てのよさに惹かれていたのは事実ながら、それ以上にチャーミングなひとだと気づかされたのだ。

だからこそ優しく背中を撫で、言葉ではなく態度で慈しんだのである。

抱き合ううちに、冷たかった肌にぬくみが戻る。官能的な柔らかさにも、光則はいつしかうっとりとなった。

ただ、雨で濡れたあとのせいか、匂いがあまりしないのはもの足りなかった。

3

しばらくうるさかった雷も、徐々に遠ざかる。雨音も次第におとなしくなった。雨雲も去ったようで、小屋の中もいくらか明るさを取り戻す。

天気が回復してホッとする反面、光則は残念でもあった。佳美が離れると思ったからである。

ところが、外から小鳥のさえずりが聞こえてきても、彼女は抱きついたままであった。

眠ったわけではないのは、からだがモゾモゾしていることからわかる。では、いったいどうしたのか。

（雷を怖がったのが恥ずかしくて、おれの顔を見られないのかも）

だったら、気にしなくてもいいと言ってあげようか。しかし、それでは怖がったのを蒸し返すようで気が引ける。考えた挙げ句、

「だいじょうぶですか？」

と、当たり障りのない問いかけをした。

「……ううん」

佳美が首を横に振る。まだ怖いのかと思えば、甘えるように鼻を鳴らした。

「こういうの、久しぶりだわ」

つぶやかれ、どういうことかと訝る。

「え、久しぶり？」

「もうずっと、男に優しくされてなかったんだもの」

離婚して何年ぐらい経つのか、光則は詳しく聞いていなかった。だが、おそらく何年もひとりなのだろう。

ならば、男に抱かれたのを思い出し、切なくなってもおかしくない。

（ひょっとして、古家さんもいやらしい気持ちになっているのか？）

夫が抱いてくれないからと、千尋が手を出してきたときみたいに。あるいはカ

ラダの匂いを嗅がれて、多恵子が昂ったように。

人妻たち以上に成熟した女体を、佳美が持て余していても不思議ではない。これは密かに望んだとおりの展開になるのではないか。

光則が期待に胸をふくらませていると、

「ねえ、お願いしてもいい？」

バツイチ美熟女が耳元で囁《ささや》く。やけに色っぽい声音で。

「何ですか？」

「全部脱いでくれない？　わたしも脱ぐから」

これはいよいよだと、光則は有頂天になった。

「わ、わかりました」

鼻息も荒く身を剝がし、ズボンとブリーフをまとめて脱ぎおろす。靴下を履いたままだったので、それも爪先から抜き去った。

期待と同時に欲望もふくれあがり、ペニスは早くも半勃ちであった。さすがにすべてさらけ出すのは恥ずかしく、両手でしっかりと隠す。

年下の男が全裸になったのを見届けてから、佳美がジーンズに手をかけた。前を開き、むっちりしたヒップから剝き下ろす。

パンティはブラジャーとお揃いの水色だ。それもまとめて脱ごうとしたわけではなかったのに、ジーンズがキツかったために少しずり下がった。

（ああ、素敵だ）

下着姿の美熟女を前に、自然と鼻息が荒くなる。目もギラついたらしく、彼女を怯《ひる》ませてしまった。

「そんなに見ないで」

睨まれて、「あ、すみません」と頭を下げる。視線をあさっての方に向けると、佳美が手早く下着も脱いだ。

「いいわよ」

声をかけられ、改めて目を向けると、成熟した色香を匂い立たせるボディがそこにあった。

（なんて綺麗なんだ）

均整のとれたプロポーションにも見とれる。

年齢を重ねると、男も女も腹や腰回りに、余分なお肉がつきがちだ。けれど、彼女はそういうものとは無縁のようだ。多恵子みたいに鍛えているわけではなく、農作業や洋裁などで毎日忙しいのと、食事にも気を配っているからだろう。

とは言え、おしりや太腿は女性らしくむっちりなのは、服を脱ぐ前から知っている。お椀《わん》型のおっぱいも垂れておらず、乳頭が上を向いていた。

佳美は裸体のどこも隠していなかった。大股《おおまた》開きをしているわけではないから、秘められたところは見えずとも、手で股間を覆っている自分がみっともなく思えてくる。

（ええい、しっかりしろ）

思い切って手をはずすと、そこに彼女の目がチラッと向けられた。もっとも、まじまじと観察しないのは、熟女の淑やかさゆえなのか。

再び佳美が身を寄せてくる。さっきのように肌を重ねると、ふたりはシートに横たわった。彼女が促すかたちで。

（ああ……）

すべて脱いだことで密着度が増し、官能的な気分が高まる。互いの背中に腕を回し、脚も絡めているためもあったろう。

熟れ肌のなめらかさもたまらない。感動のあまり、抱き合ったままシートの上で転がりたくなった。さすがに、そんな子供じみた真似はできなかったが。

「もうちょっと強く抱いてくれる？」

求められて、光則は腕に力を込めた。すると、佳美が裸身をしなやかにくねらせる。

「男のひとって、やっぱりいいものね」

情感の溢れた告白に、「はい。そう思います」と同意すると、

「え、あなたも男性が好きなの？」

妙な誤解をされてしまった。

「ち、違います。おれからしたら、女性は素晴らしいっていう意味です」

「ああ、そういうこと」

納得してもらい、安堵する。そんなたわいもないやり取りにも、心が通い合うのを感じた。今なら何を訊いても答えてもらえそうだ。

「雷が嫌いなんですか？」

気になっていたことを質問すると、

「昔からね」

彼女は素直に答えた。

「遠くで鳴っているぐらいならいいんだけど、近くまで来るとダメなの。子供のとき、目の前に落ちたことがあって、幸い何ともなかったんだけど、すごく怖く

て泣いちゃったのよ」

「じゃあ、そのせいで？」

「今でも夢に見るぐらいだもの」

少女時代の体験が、トラウマになってしまったのか。

「……ごめんね」

「え？」

「いい年をして、みっともなくて」

自虐的な謝罪に、光則は「いいえ」とかぶりを振った。

「そんなことないですよ。子供時代のことって、けっこう後を引くものですから。おれにだって、そういうのはありますし」

「何か怖いものがあるの？」

「怖いっていうか、昔いじめられた相手に、今でも強く出られないみたいな」

脳裏に浮かんでいたのは、もちろん瑞希である。もっとも、いじめられたからというより、惚れた弱みと言うべきだが。

「それって、商工会の瑞希ちゃんのこと？」

佳美の指摘に、光則は驚愕《きょうがく》した。

「え、ど、どうしてそれを？」

「だって、女の子が男の子をいじめるのって珍しいから、けっこう目立ってたもの。わたしも昔、見かけたことがあったし。今も商工会でやりあってるって、千尋さんに聞いたけど」

現状はともかく、子供時代の上下関係を、ひと回りも上の佳美が知っていたとは驚きだった。

（おれたち、そんなに目立ってたのか？）

恥ずかしくて、顔が熱くなる。ということは、他にも憶えている人間が大勢いるのだろうか。

「まあ、あのひとは昔っから気が強かったし、今もそのまんまなんです。おれはずっと迷惑してるんです」

すべて瑞希のせいだという思いから、突き放すように言ってしまう。すると、

「そうかしら？」

佳美が疑問を口にした。

「瑞希ちゃんがいじめてたのって、枝嶋君だけでしょ？」

「ええ、たぶん」

「それって、安心して本音をぶつけられる相手が、枝嶋君しかいなかったってことだと思うわ。瑞希ちゃんって、けっこう臆病《おくびょう》だから」

「え、臆病？」

信じ難い評価に、光則は眉をひそめた。

「まあ、わたしも雷が怖いから、ひとのことは言えないんだけど。とにかく、瑞希ちゃんは弱いところを他人に見せたくなくて、わざと突っかかってたんだと思うわ。それも、ちゃんと相手を選んで。枝嶋君なら受け入れてくれるって、わかってたのね」

「そんなことないと思いますけど。そもそも臆病だなんて思えませんし」

「臆病よ。だって、わたし見たもの」

「何をですか？」

「瑞希ちゃんが泣いてたところ」

佳美が高校生のときだったという。同級生に、仏像の写真を撮るのが趣味だという、ちょっと変わった女の子がいた。その子は他の町の出身で、枝嶋弁天の話をしたところ興味を持ったので、休日に案内してあげたそうだ。

「で、行ってみたら、そこに瑞希ちゃんがいたの。お堂の前で、わんわん泣いてたわ」

瑞希は小学校にあがったばかりぐらいだったのか。その日は遊んでくれる友達がおらず、暇つぶしに枝嶋弁天のところまで登ったらしい。

(そう言えば、彼女の家って、でんでん山のふもとだったな)

田舎の子供は、山道でもかまわず、ひとりで歩き回る。自然が豊かな中で暮らしていると、日常のすべてが冒険になるのだ。そのため、木登りをして落ちたり、川で溺《おぼ》れかけたりと、事故に遭遇することも多い。

「瑞希ちゃん、お堂の扉が開いてたから、中に入ったんだって。それで、薄暗いところで弁天像を見たら怖くなって、泣いちゃったのよ」

そこへ佳美たちがやって来て、救われたのだという。当時の瑞希には幸いだったにせよ、二十年も経って光則に知られるとは、思いもしなかったであろう。

「だけど、本当にあんなものを怖がったんですか?」

「まだ六歳とか、そのぐらいでしょ。小さい子供からしたら、けっこう不気味だと思うわよ。金色で、しかもかなり大きいし。瑞希ちゃん、怖がりすぎてオモラシしてたぐらいだもの」

まさか、失禁するほどの恐怖を覚えたなんて。

もちろん子供時代のことであり、今は平気であろう。祭の趣旨説明のため、商工会のお偉方と枝嶋弁天を視察したときに彼女も同行したのであるが、弁天像を見られないどころか睨みつけていた。

（あ、それじゃあ——）

光則は思い出した。祭を提案したとき、瑞希が枝嶋弁天に敵意を剥き出しにしていたのを。あれは幼い頃、怖い目に遭った恨みからだったのだ。

そうすると、自分をいじめたのもそのせいかもしれないと、光則は考えた。弁天像をつくったやつの曾孫《ひまご》だから憎まれたのだと。

しかし、そこまで理不尽な人間ではない。やはり佳美が言ったように、安心して絡める相手ということで選ばれたのだろう。

（そう言えば、千尋さんも瑞希が羨ましいって言ってたな。遠慮なくものを言える相手がいるからって）

確かに、彼女は誰にでも突っかかるわけではない。実は臆病だというのも、当たっている気がしてきた。小さい頃だとは言え、弁天像を見てオモラシをしたぐらいなのだから。

（待てよ。そのことをバラされるんじゃないかと思って、おれを佳美さんのとこ

ろに来させたくなかったのかも）

農作業の手伝いとは異なり、一対一で話すとなると話題が広がる。瑞希は商工会の一員で祭に関わっているし、しかも佳美は、枝嶋弁天での恥ずかしい過去を知っているのだ。祭の話になれば、俎上《そじょう》に載せられる可能性は充分にある。

美人だからヘンな気を起こすんじゃないかというのは、どうやら苦し紛れの理由づけだったらしい。そこまでして来させたくなかったのかと、光則は胸の内で苦笑した。

（可愛いな……）

もしかしたら、今も商工会で仕事をしながら、バラされませんようにと祈っているのではないか。そんな姿を想像したら、愛しさがこみ上げた。

「わたしが話したこと、瑞希ちゃんには黙っててね。彼女にとっては、絶対に触れられたくない恥部なんだろうし。特に枝嶋君には」

「ええ、わかってます」

「いい子ね」

熟女の手が動く。背中を慈しむようにさすられ、光則は陶酔の心地にひたった。

（気持ちいい……）

お返しに柔肌を撫でる。なめらかさに情愛と、劣情も募った。背中だけではもの足りず、ふっくらした臀部にも手をのばした。

「あん」

佳美が切なげな声を洩らす。ソフトタッチでも感じたのだろうか。

ぷにぷにした弾力も愉《たの》しみながら、尻肉を揉むように撫でる。すると、彼女がため息交じりに「エッチ」となじった。

「こんなオバサンのおしりなんかさわっても、面白くないでしょ」

照れ隠しなのかもしれないが、その発言を認めるわけにはいかなかった。

「オバサンだなんて思ったことないです。佳美さんは、とっても魅力的です」

苗字で呼ぶのをやめたのは、年上を立てただけのお世辞だと思わせないためであった。

「う、嘘よ」

「本当です。でなければ、そこがそんなに大きくなるはずないじゃないですか」

ふたりのあいだにある陽根に、漲りを送り込む。ビクビクと脈打ったのが、彼女にもわかったはずである。

「え、ちょっと」

焦った声を洩らしつつ、佳美が手を移動させる。重なった肌のあいだに差し入れ、強ばりきったものを握った。

「あああ」

しっとりと包み込まれる感覚に、光則は声を上げて快さを伝えた。

「すごい……こんなに硬いわ」

囁くような声は、明らかに艶めきを帯びていた。

「さっきから、ずっとこうなっていたんです。わかってましたよね？」

「うん……」

「それだけ佳美さんに魅力を感じているんです」

「つまり、わたしとしたいってこと？」

ストレートな問いかけに、胸が高鳴る。受け入れてもらえるのだろうか。

「許してもらえるのなら、是非」

求めていることを知らせるべく、光則は指を女体の中心に向かわせた。けれど、秘園を捉える前に、尻の割れ目がキュッと閉じて邪魔される。

「へ、ヘンなとこさわらないで」

後ろから迫ったために、アヌスを狙ったと誤解されたのだろうか。

指はじっとりと湿った裂け目に、キツく挟まれている。汗をかいたのか、それとも、雨の雫が入り込んだのかはわからない。

ならばと、どうにか指を抜き、ふたりのあいだに手を入れた。前から秘部に触れるために。

今度は、佳美も抵抗しなかった。彼女もペニスを握っているのであり、おあいこだと思ったのか。

恥叢《ちそう》をかき分けて到達した窪地は、温かな蜜が溜まっていた。

（もう濡れてる……）

裸で抱き合うことで、気分が高まったのだろうか。長らく遠ざかっていた男の肌に、成熟した肉体が条件反射で反応したのかもしれない。

「うう……あ——」

横臥して向き合っての愛撫交歓。女の園をいじられて、熟女が喘ぐ。手にした牡器官を、求めるようにしごいた。

（佳美さんこそ、したくなってるみたいだぞ）

花びらのあいだをかき回せば、ピチャピチャと濡れ音が立つ。その部分はいっそう熱を帯び、愛液もどんどん溢れてくるようだ。

光則の分身も疼《うず》きまくっていた。早く心地よい穴に入りたい、まといつくヒダでこすられて、思いっきり射精したいと訴える。

もう我慢できなかった。

「おれ、佳美さんとしたいです」

顔を見て真っ直ぐに伝えると、彼女が身を堅くする。迷うように目を泳がせ、喉をコクッと鳴らした。同じ気持ちでいるのは間違いない。

ところが、聞かされた返答は、望んだものと異なっていた。

「ね、手でしてあげるから、それで我慢して」

そう言って、筒肉をリズミカルに摩擦する。悦びが急角度で高まり、光則は「ああっ」と声を上げた。

「オチンチン、苦しそうだわ。いっぱい出して楽になりなさい」

佳美は手コキ奉仕で、この場をやり過ごすつもりらしい。離婚しているし、恋人もいないようだから、誰かに遠慮する必要はないはずなのに。

相手がひと回りも年下だから、罪悪感があって進めないのか。それとも、簡単にセックスを許すべきではないという、淑女としてのたしなみが受け入れさせないのか。

（よし、だったら）

提案を受け入れたフリを装い、光則も指を細やかに動かした。快感を与え、男が欲しくなるよう仕向けるために。

敏感な尖りが隠れているところを狙ってこすると、

「あ、あああっ」

佳美がよがり、豊かな腰回りをわななかせる。経験の浅い、つたない愛撫でも、ちゃんと感じてくれているようだ。

しかしながら、いやらしい反応を見せられると、光則のほうも昂奮する。自身の上昇を抑え、快感を与えねばならなかった。

「ほ、ほら、出して」

悦びに声を震わせながらも、手をせわしなく動かす美熟女。目がトロンとして、息づかいもはずんでいた。

（これならイクんじゃないか？）

一度昇りつめれば吹っ切れて、ペニスを挿れさせてくれるのではないか。

ところが、粘っこいラブジュースで指がすべり、クリトリスがどこにあるのかわからなくなる。光則自身も多量の先汁をこぼし、包皮に巻き込まれたそれがニチャニチャと泡立った。

(うう、まずい)

劣勢を強いられ、いよいよ焦る。このままでは先にイカされてしまう。相互舐め合いに持っていけば、逆転は可能なのではないか。クンニリングスで多恵子を絶頂させた経験から、光則は考えた。

とは言え、そんなことを佳美が許してくれるとは思えない。陰部に口をつけるなんて論外で、指の愛撫を受け入れるので精一杯であろう。

よって、突破口はない。懸命に忍耐を振り絞っても、限界があった。

(ええい、だったらいいや)

セックスをしたいのは山々ながら、無理強いはできない。手で導かれるだけでも御の字なのだ。

そう考えて、流れに身を委《ゆだ》ねる。一分も経たずに、高波が襲ってきた。

「ううう、で、出ます」

佳美がハッとしたように身じろぎをする。秘茎を握り直し、摩擦運動を速めた。

「いいわよ。イッて」

「あ、あ、いく、で、出ます」

ハッハッと息を荒ぶらせ、頂上へと駆けあがる。目がくらみ、腰の裏に小さな爆発が生じた。

「ううう」

呻いて、濃厚なエキスをほとばしらせる。それは正面の白い肌でピチャッとはじけ、淫靡な模様を描いた。

「あん、熱い」

牡の体液に怯んだ様子ながら、佳美は手淫奉仕を続けた。出ているときにしごかれるのが気持ちいいと知っているのだ。さすが元人妻と言える。

（ここまで献身的で、優しい奥さんと別れるなんて、本当に愚かな男だな……）

そんなことをぼんやり考えながら、絶頂の余韻にひたる。指の輪で筒肉を強くしごかれ、最後の雫がトロリと溢れた。

「いっぱい出たわ」

佳美がやるせなさげにつぶやく。

しなやかな指が秘茎からはずされると、光則は仰向けになった。焦点の合わない目で天井を見あげ、腹部を大きく上下させる。

漂う青くささが、物憂い気分を募らせる。気持ちよかったはずなのにもの足りない。やはり自分だけがイカされたせいなのだ。

（……本当に、セックスしなくてもいいのかな？）

佳美の真意を、光則は量りかねていた。

4

「ちょっと、どうしてなの？」

驚きを含んだ声で、光則は瞼を開いた。

（え、なんだ？）

頭をもたげると、佳美が脇に膝をついていた。

彼女の手にはタオルがある。雨に濡れたそれで、自身の腹部に飛び散ったザーメンを拭ったのだ。それから、年下の男の股間も。

そこまでしてもらうのは申し訳ないと思いつつ、光則は気怠い余韻にまみれて身を任せた。ところが、拭われるあいだに分身が復活し、力強さを取り戻していたのである。

（嘘だろ）

　鈍い痛みを伴ってそそり立つ肉根を目の当たりにして、驚きを禁じ得ない。射精したあと、そこが力を失うのがわかったのだ。

　なのに、こんな短い時間で復活するとは。

「ひょっとして、わたし、上手じゃなかった？」

　佳美が悲しげに顔を歪《ゆが》める。ちゃんと満足させられなかったのかと、落ち込んでいる様子だ。

「違います。とっても気持ちよかったです」

「だったらどうして？」

「おれ、普段でも二回続けてすることがありますから。その自分で」

　あえて恥ずかしい告白をしたのは、彼女のせいではないとわからせるためだ。

「そうなの？」

　訝りながらも、佳美が屹立を握る。射精して間もないペニスに、指の柔らかさがくすぐったくも快い。

「あうう」

　光則は呻き、その部分を脈打たせた。

「またこんなに硬くなって……」

感心したようにつぶやき、彼女が手指に強弱をつける。漲り具合を確認し、悩ましげに眉根を寄せた。

「やっぱり若いのね。すぐ元気になるなんて」

言いながら、強ばりをゆるゆるとしごく。

全裸で牡のシンボルを愛撫する美熟女に、光則は劣情を沸き立たせた。慣れたふうな手つきもさることながら、全身から女の色香が滲み出るようだ。

そして、女らしい腰がモジモジしていることに気がつく。

(佳美さん、したくなってるのかも)

逞《たくま》しいモノを手にして、自身の中に迎え入れたくなっているのではないか。

さりとて、こちらから求めても、簡単に許してくれるとは思えなかった。もう少し、彼女の身も心もほぐす必要がある。

光則はからだを起こした。

「え?・」

いきなりだったから、佳美がうろたえる。光則と間近で目が合い、焦ったように顔を背けた。

「ここに寝てください」

告げると、美貌に戸惑いが浮かぶ。

「……寝るって？」

「今度は、おれにさせてください」

何をするのかは言わなかった。何を言っても拒まれる気がしたからだ。

幸いにも、彼女はおとなしく従った。自分も好きに弄んでしまった手前、断りづらかったのか。

いや、肉体が疼き、愛撫が欲しくなっていたのだろう。

仰向けになった熟れボディは、乳房がドーム型を保っている。そっと触れ、優しく揉むと、佳美が「ううン」と呻いて眉根を寄せた。

けれど、抵抗はしない。気をつけの姿勢で手足をのばし、好きにさせてくれた。

ならばと覆いかぶさり、淡いワイン色の乳頭に口をつける。

「くふッ」

喘ぎがこぼれる。ブルーシートの上で、裸身がヒクヒクと波打った。

（ああ、感じてる）

嬉しくなって、ほの甘い突起を吸いねぶる。舌ではじくようにすると、胸元にさざ波が生じた。

「あん……いけない子ね」

なまめかしい声音でなじりながらも、佳美は頭を撫でてくれた。まるで、乳飲み子を愛《め》でるみたいに。

とは言え、彼女に子供はいないはずだ。それでもおっぱいを欲しがる男に対しては、母性が溢れてしまうのか。

乳首を味わいながら、光則は右手を秘園へのばした。さっきも触れたそこは、愛液がいくらか乾いた感じながら、熱さはそのままだった。

「ンぅぅ」

佳美が呻き、両腿をぴったり閉じる。だが、指の動きを完全に封じることは不可能だ。またも敏感な尖りをこすられてよがった。

「あ、あっ、あああっ」

艶腰がくねり、ブルーシートがガサガサと音を立てる。指が再び、温かな粘液にまみれた。

(すごく濡れやすいみたいだぞ)

こんなふうで、よく男無しでいられたものである。それとも、久しぶりに機会を得たことで、眠っていたカラダが目覚めてしまったのか。

もっと感じさせるべく、舌と指で悦びを与える。

美熟女は息を荒くして悶え、全身から甘ったるい匂いを振り撒《ま》いた。快感で汗ばんだのであろう。

「あふ、ううう、あ――」

色めいた声が、小屋の中に反響する。

セックスが無理なら、せめて指で頂上に導いてあげたい。光則は彼女と一心同体になったつもりで、より快い刺激を模索した。硬くなった乳首を、舌でレロレロと転がしながら。

おかげで、佳美は順調に高まってくれたようである。

「あ、ダメ……もう――」

ビクッ、ビクッと、下半身が痙攣する。いよいよなのだとわかり、光則は感覚を逃さぬよう、指先に神経を集中させた。

(ほら、イッて)

と、胸の内で呼びかけながら。

「イヤイヤ、あ、あ、あ」

鋭い声を発し、女体が強ばる。次の瞬間、

「ああ、あ――はふッ」

全身をガクンとはずませ、佳美が緊張を解いた。あとはハァハァと、呼吸をせわしなくはずませるだけになる。

（イッたんだ……）

光則は乳房から口をはずし、ふうと息をついた。困難な任務をやり遂げた満足感にひたって。

身を起こすと、彼女はしどけなく横たわっていた。時おり、肌をピクッとわななかせながら。

閉じていた脚は緩く開かれ、隙間ができている。恥丘を覆う叢《くさむら》の真上に顔を近づけると、ぬるいチーズくささが感じられた。

（これが佳美さんの匂いなのか）

愛撫され、たっぷりと蜜を溢れさせたあとなのだ。これが本来のかぐわしさなのだろう。

両膝に手を添えて左右に離しても、佳美は抵抗しなかった。絶頂してぐったりしていたし、何をするのも億劫《おっくう》というふうである。

それをいいことに、光則は彼女の脚のあいだに膝を進めた。身を屈め、秘苑を間近で観察する。

手入れなどしていなさそうな恥毛をかき分けると、ほんのりくすんだ色合いのスリットが現れた。花びらは小さく、はみ出しは少ない。

（これ、毛を剃ったら、多恵子さんのよりも可愛い感じかも）

人妻ダンサーのパイパン恥帯を思い出す。あちらは小陰唇が大きめで、毛がないことで生々しさが際立っていた。

性器の色やほころび具合に、年齢は関係ないようだ。だったら瑞希はどうなのかなと、ひとつ年上の幼なじみの、未だ目にしていない部分を想像する。

（そう言えば、瑞希って彼氏がいたことあるのかな？）

今はフリーのようながら、高校と大学は違うところへ通った。しかも光則は東京の大学だったし、四年間はほとんど交流がなかったのだ。そのあいだに彼氏ができて、セックスも経験したのではないか。

そんなことを考えたら、妙にモヤモヤしてきた。

（まあ、二十六歳で処女ってことはないか）

などと、二十五歳で童貞を卒業したくせに、いっぱしの見方をする。できれば彼女とお付き合いをしたいから、清いからだでいてほしいのに。

もっとも、他の女性と淫らな戯れをしている最中に、願うようなことではない。

「ん……」

佳美が小さく呻き、ヒップをもぞつかせる。悠長に眺めている場合ではないことに気がつき、光則はかぐわしい園に口をつけた。

「え？」

訝るような声が聞こえる。下半身を襲う感覚が何なのか、まだよくわかっていない様子だ。

それでも、光則が裂け目に舌を這わせたことで、ようやく悟ったらしい。

「イヤッ、ダメ」

腰をよじり、逃れようとする。光則は両手で艶腰を抱え込み、女陰から決して離れなかった。

「だ、ダメ、しないでっ！」

いくら年上の命令でも、こればかりは聞けない。無言で反抗し、滲み出てきた蜜をぢゅぢゅッとすする。

「あひっ」

佳美がのけ反り、腰をガクンとはずませる。強い快感が生じたようで、息づかいが荒くなった。

「あふっ、だ、ダメ……」

声を震わせ、下腹を波打たせる。肉体の抵抗は弱まったものの、完全に受け入れたわけではなかった。

「うう、ば、バカぁ」

罵られても無視して、舌を躍らせる。

愛液は、ほとんど味がしなかった。ただ、けっこう粘っこく、しかも豊潤である。すすっても、すすっても、次々と溢れてくる。

（ああ、美味しい）

味がしないのに、美味だと感じる。もっと欲しくてたまらない。

しかしながら、ラブジュースが飲みたくて始めたわけではない。

光則は、クンニリングスでも彼女を絶頂させるつもりだった。セックスができないのなら、せめてそれぐらいはしなければと思って。

「ねえ、お願い……やめて」

すすり泣き交じりに哀願されても、ねぶり続ける。ところが、

「オチンチンを挿れてもいいから、舐めるのだけはやめて」

そこまで言われれば、話は違ってくる。

（え、まさか――）

思わず舌の動きを止める。

「ねえ、クンニはもういいから、オチンチンを挿れて」

どうやら本気で言っているらしい。ならばと、光則は身を起こした。

すぐさま佳美に身を重ねたのは、逃げられるのではないかと疑ったからだ。けれど、彼女は下から抱きつくと、ハァハァと息をはずませた。

「バカ……ダメよ、あんなことしちゃ」

涙目で叱られ、思わず「ごめんなさい」と謝る。すると、頭をかき抱かれ、唇を奪われた。

それは普通のキスとは違っていた。愛液で濡れた口許を、ペロペロと舐められたからである。クンニリングスでこびりついたものを、清めようとしているのだとわかった。

「ふう」

唇をはずし、佳美がひと息つく。光則を見つめ、またお説教をした。

「枝嶋君みたいに若い子が、わたしのアソコなんか舐めちゃダメなのよ」

「どうしてですか？」

「ダメなものはダメなの」

彼女は理由を教えてくれなかった。おそらく、ひと回りも年下の男に奉仕されるのが、居たたまれなかったのではないか。

そして、約束どおりに反り返るペニスを握り、中心に導いてくれた。

「ここよ」

切っ先を蜜穴にあてがい、真面目な顔で告げる。何も知らない若者に、女性のからだを教えてあげるかのように。

「はい」

光則も教えを請う態度でうなずいて、腰をそろそろと沈めた。

肉槍の穂先が狭まりを圧《お》し広げる。それに伴い、熟女の美貌が苦しげに歪んだ。

久しぶりの交わりに、肉体が無意識に抗っているのではないか。

それでも、たっぷりと濡れていたのが幸いし、引っかかりはなかった。亀頭の裾がぬるんと乗り越えれば、あとはスムーズに洞窟へ呑み込まれる。

「ああ、あ――」

佳美が首を反らし、裸身をヒクヒクとわななかせた。

(入った……)

陽根に、温かな媚肉《びにく》がぴっちりとまといつく。それも確かに気持ちよかったが、美しい熟女と結ばれたという、精神的な喜びも大きかった。おそらく、挿入するまで時間がかかったからだ。

「あん、しちゃった」

彼女も感慨深げにつぶやく。上半身をしなやかにくねらせ、受け入れた筒肉を、蜜穴でキュッキュッと締めつけた。

「うう、よ、佳美さん」

光則は呻き、尻の穴を引き絞った。

「どう、気持ちいい?」

息をはずませての問いかけに、「はい、とても」と答えると、

「じゃあ、わたしも気持ちよくして」

佳美が両脚を掲げ、牡腰に絡みつけた。どうせならと、積極的に愉しむことにしたらしい。

「わかりました」

腰を引き、再び進む。抉られる女膣が、じゅぷっと卑猥な音を立てた。

「あはぁッ！」

ひときわ大きな嬌声《きょうせい》が、小屋の中に響き渡る。女体が背中を浮かせて反り返った。

（ああ、すごくいい）

狭い濡れ窟で分身を摩擦され、光則は愉悦にまみれた。煽られて、腰づかいが自然と速度をあげる。

「ああ、あ、あん、いいっ」

佳美もよがり、総身を震わせた。

熟れたボディを組み伏せ、強ばりきった筒肉を抜き挿しする。これが三人目の女性で、セックスもまだ四回目。慣れていないはずの正常位が、何だか板についてきた気がした。

「ふん……ふんっ」

太い鼻息を吹きこぼし、女芯をせわしなく穿《うが》つ。腰に絡みついた彼女の脚が緩んでは締まり、ピストン運動の手助けをしてくれるようだった。

おかげで、安心して抽送を続けられる。

「あん、すごい……オチンチン、硬いのぉ」

美熟女があられもないことを口走る。挿入を拒んだはずが、いざ迎えるとはしたなくよがるなんて。

（本当は、最初からしたかったんじゃないのか？）

裸で抱き合ったのだって、男の肌を恋しがったようでありながら、結局は交わることが目的だったのではないか。

それでも、すぐに挿れさせなかったのは、簡単にからだを許してはならないという慎みゆえだったのだろう。本質は真面目なひとなのだと、こうして性器を繋げた今も信じられる。

「佳美さんの中、すごくいいです」

感動を正直に伝え、光則は勢いよく腰をぶつけた。

「わ、わたしも――あん、あん、か、感じるぅ」

佳美が頭を左右に振り、髪を乱す。成熟した肉体は、前にセックスをしたときから時間が空いても、快感を忘れてはいなかったようだ。

汗ばんだ肌がすべり、ブルーシートの上で彼女を逃しそうになる。そうはさせじと肩をしっかりと抱え、光則はリズムに乗って腰を振った。

「イヤイヤ、あ、お、奥ぅー」

尖端が子宮口に届いたのか、艶声のトーンが上がる。面差しもいやらしく蕩けていた。

このままセックスでも頂上に導きたかった。けれど、その前に限界が近づいてくる。気を逸らし、我慢しろと命じても、性感曲線は上向いたままであった。

「よ、佳美さん、おれ、もう」

いよいよ極まってから告げると、彼女がハッとして身を強ばらせた。

「な、中はダメ。外に――」

「はい。あ、ああっ」

光則は間一髪で抜去し、佳美の腹に射精しようとした。すると、半身を起こした彼女が濡れた剛直を掴み、ヌルヌルと摩擦する。

「ああっ、あ、い、いく」

腰をガクガクと震わせて、光則は香り高い牡汁を放った。

二度目にもかかわらず、ザーメンは勢いよく飛んだ。最初の飛沫《ひまつ》は糸を引いて、乳房に淫らな模様を描く。次はさらに飛距離をのばし、かたちの良い唇から顎《あご》を汚した。

それでも、佳美は手を休めることなく、脈打つ器官をしごき続けた。

「むはっ、ハッ、はふ」

息が荒ぶり、目がくらむ。またも手でイカされたが、ちゃんと結ばれたあとだったから、満足感は大きかった。

「も、もういいです」

出し切ったところで告げると、指がほどかれる。彼女はふうと息をつき、ブルーシートに背中を戻した。

光則はその隣に身を横たえた。何気なく視線を窓に向けると、いつの間にか雲は完全になくなり、少し赤らんだ青い空が広がっていた。

第四章　祭の夜、初めての夜

1

妻洗弁天祭まで、残すところ二日となった。

準備は滞りなく進んでいる。メインである女神輿も担ぎ手が揃い、町内を練り歩くルートや、分担も決まった。行く先々で酒などが振る舞われる予定で、賑やかしの男たちもいるから、かなり盛りあがるであろう。

神輿そのものも、澤村工務店でも特に手先の器用な職人が、微に入り細に入り手を入れて、絢爛《けんらん》たる見栄えに仕上げた。きっと目を引くはずである。

もうウイルスの心配がないということで、屋台も例年の祭以上に数が揃った。近隣の市町村に宣伝したのはもちろん、ローカル局の情報番組でも取り上げてもらい、県内にも広く知れ渡ったから、多くの観光客が期待できる。枝嶋酒店ばかりでなく、屋台に協力する町内の店は、かなり潤うはずだ。

祭の中心となるお堂と弁天像も綺麗になり、以前より見栄えが良くなった。祭が今後も滞りなく続けられるよう、あの山も含めて町か商工会に譲渡しようかと、枝嶋家では話が進んでいる。

祭の最後に舞を披露する、舞台も完成した。それも澤村工務店がしつらえてくれた。毎年使うことを想定し、分解してしまっておけるよう工夫されている。ちなみに、お堂前は眺めもいいから、野外コンサートを開いてはどうかと、新たな案も出ている。

舞手の三人も、完璧に仕上がっていた。多恵子はもちろん、瑞希も当初と比べたら驚くほどの上達ぶりだった。来年はメインの舞手をやってもらおうと、千尋は密かに計画しているようだ。

衣装がまたいいのである。薄地で透け感たっぷりのそれはセクシーで、かつ上品さも兼ね備えていた。多恵子が身に着けて舞うと、まさに地上に降りた天女そのものであった。

サブの瑞希が着る方は、そこまで透けておらず、いくぶん地味である。しかし、本人はむしろホッとしていた。見るぶんにはいいけれど、あんなスケスケのものが着られるわけがないと言い切ったのだ。もしも来年、彼女をメインにするのなら、そこから説得しなければなるまい。

　衣装を製作したのは、もちろん佳美である。依頼したときは難色を示したものの、セックスのあとで改めてお願いしたところ、あっさり引き受けてくれた。なんと、光則がザーメンをほとばしらせるところを見て、イメージが湧いたというのである。怪我《けが》の功名というか、何が功を奏するのかわからない。

　もちろん、射精をモチーフにした衣装だなんて、身に着ける女性たちには秘密だ。光則もそれは忘れることにした。せっかくのそそられる装いも、青くさい牡汁が元だなんて考えたら興醒《きょうざ》めである。

　かくして、あとは祭当日を待つばかりという段になって、事件が勃発《ぼっぱつ》した。


「え、挫《くじ》いた？」

　千尋が目を見開いて驚く。

　その夜、お堂脇の舞台で舞の練習をするため集まった面々——舞手の三人と光則は、ひとりの報告を受けて途方に暮れることとなった。

　なんと、多恵子が怪我をしたというのだ。

「子供たちのダンス教室で、バランスを崩して転びそうになった子を助けようとして、足にヘンな方向で力が入っちゃったんです」

申し訳なさそうにしている彼女の足首には、大きな湿布が貼られていた。それがやけに痛々しい。

「だいじょうぶなんですか？」

瑞希も心配そうである。

「幸い、大したことはなくって、普通に歩くぶんには支障はないの。今回の舞も、足にそう負担がかからないものだから、できないことはないんですけど」

「……けど？」

「あとで影響が出そうで、それが不安なんです。来週、東京で開催される公演に出ることになっていて、そっちが踊れなくなるかもしれなくて」

「そうすると、無理をさせるわけにはいかないわね。多恵子さんにとっては、公演のほうが本来立つべきステージなんだから」

千尋の意見に、光則も胸の内で同意した。

祭の舞は振り付けも含めて、多恵子は完全なボランティアでやってくれているのだ。ダンサーとしてマイナスとは言えないまでも、何ら報酬があるわけではない。優先すべきは、お金や名誉の得られる本業のほうである。

よって、本業に支障が出るのなら、祭の舞は見送ったほうがいい。いや、そうすべきだ。

　では、代役をどうするのか。できそうなのは、ただひとりしかいない。

「じゃあ、瑞希ちゃん、お願いね」

　千尋に言われて、瑞希がきょとんとした顔を見せる。

「え、お願いって？」

　他人事《ひとごと》だと思っていたのか、まったく話が見えていないようである。

「だから、多恵子さんの代わりよ。それで、瑞希ちゃんの役は、多恵子さんってことでどうかしら？　つまり、ふたりが交代するの」

「ええ、そっちなら問題ありません」

　多恵子がうなずく。しかし、瑞希のほうは納得しなかった。

「む、無理です。わたし、そんなのできませんっ！」

　到底受け入れられないという意志を強固に訴える。

「できないったって、やらなきゃしょうがないじゃない。多恵子さんの怪我が悪化したら、取り返しのつかないことになるのよ」

　千尋に諭され、彼女は一瞬言葉に詰まったものの、

「だったら、千尋さんがやればいいじゃないですか」

と、言い返した。

「わたしは無理よ。ただの添え物で、ふたりとは役割が違うんだもの。そっちの練習は全然してないし明後日《あさって》の本番に間に合うはずないわ」

「でも――」

「瑞希ちゃんはできるわよね。わたしとふたりで練習したとき、多恵子さんのパートもちゃんと踊れてたんだから」

そんなことがあったのかと、光則は驚いた。

（あの舞が気に入ってたんだな）

けっこう意欲的だったようだ。要はスケスケの衣装が嫌なのか。

「衣装は取り替えなくてもいいんですよね。パートだけ交代すれば」

光則は助け船を出したつもりだった。しかし、千尋に「ダメよ」と一蹴《いっしゅう》される。

「それだと、メインのほうが目立たなくなるわ。あの衣装は、そういうバランスも考慮されているんだから」

真っ当な意見だから、提案を引っ込めるしかない。もっとも、瑞希にはどうでもいいことだったらしい。

「衣装なんて関係ないわ。わたしは踊るのが嫌なのっ！」

声を張りあげて拒絶する。これには、他の面々は戸惑うばかりだった。

「瑞希ちゃん、自分がするしかないって、わかってるんでしょ？　そんな頑《かたく》ならないで、どうかやってちょうだい。でないと、祭そのものが中途半端なまま終わっちゃうのよ」

千尋の説得にも、瑞希は反発するばかりだった。

「だったら、祭なんてやめちゃえばいいじゃないですか。もともとなかったものなんだから。ていうか、光則のバカが言い出しっぺなんだから、あんたがすればいいのよ」

矛先がこちらに向いたものだから、光則はうろたえた。

「いや、おれにできるわけがないじゃないか」

「自分ができないものを、ひとに押しつけないでよ」

ああ言えばこう言うで、埒《らち》が明かない。二十六歳といい大人なのに、これでは駄々っ子である。

「瑞希ちゃん、いい加減にしなさい」

千尋がぴしゃりと叱りつける。瑞希は驚いたように目を見開いた。

次の瞬間、顔をくしゃっと歪める。涙がこぼれて頬を伝ったのを、光則は確かに見た。

「わたしには絶対に無理。できませんっ！」

金切り声を上げて断ると、身を翻して駆け出す。お堂の中に飛び込み、扉を閉めてしまった。

「まったく、子供みたいに」

やれやれと肩をすくめたのは千尋である。もっとも、それほど深刻そうな表情ではなかった。

「やっぱり、わたしがやります。もともと、わたしの不注意が原因なんですから。瑞希ちゃんや、皆さんにご迷惑はかけられません」

多恵子の申し出にも、

「ああ、心配いらないわ」

責任者たる人妻は、笑顔でかぶりを振った。

「瑞希ちゃんだって、ちゃんとわかってるのよ。自分しかいないんだって。ただ、一歩踏み出す勇気が出ないだけなの」

それは考えが楽天的すぎるのではないかと、光則は心配になった。

(だって、泣いてたぞ)

何しろ気分屋だったから、瑞希が感情をあらわにすることは、子供時代からよくあった。けれど、彼女の涙を見たのは初めてだ。つまり、泣くほどやりたくないのである。

無理をさせるのは忍びないが、ここは多恵子に任せたほうがいいのではないか。そうすれば丸く収まるのにと思いかけたところで、

「ほら、枝嶋君、行ってあげて」

千尋に促され、大いに戸惑う。

「え、行くって?」

「瑞希ちゃんのところよ。あの子を説得できるのは、枝嶋君だけなんだから」

「いや、そんなことはないと思いますけど」

むしろ、いつものごとくぎゃんぎゃん言い返されて、引き下がることになる公算が大だ。長い付き合いだから、展開は見えている。

ところが、千尋はそんな予想をしていないらしい。

「そんなことがあるのよ。ていうか、瑞希ちゃんは待ってるはずよ。枝嶋君が背中を押してくれるのを。わたしにはわかるの」

そこまできっぱりと言われては、従うしかない。彼女は年上だし、何より自分

を男にしてくれたひとなのだから。

「わかりました……」

光則はうなずき、お堂に足を進めた。背中にのしかかる千尋と多恵子の期待を、重く感じながら。

扉を開けて中に入る。修繕したから、以前のように軋むことはない。瑞希とのやり取りを聞かれたくなくて、扉は閉めた。

中は灯籠の明かりが灯《とも》されて、幻想的なオレンジ色の光が満ちている。常夜灯よりも少し明るいぐらいで、弁天像や他の七福神たちの影が長く伸び、少々不気味ではあった。

瑞希はお堂の隅っこに、両膝を立てて坐り込んでいた。顔を伏せ、誰とも話したくないという態度をあからさまにして。

(なんか、取り付く島がなさそうだな)

思ったものの、何もせずに引き下がるなんてできない。それに、瑞希は背中を押してくれるのを待っているのだと、千尋が断言したのだ。

ここは人生経験豊富な人妻を信じるしかない。光則は心を決め、うずくまる幼なじみの前に進んだ。

「瑞希……」

名前を呼ぶと、彼女の肩がピクッと震える。

「あのさ、急にこんなことになって、戸惑ってるのはわかるよ。だけど、現実問題として、多恵子さんの代わりができるのは瑞希だけなんだし、やってもらえないかな」

「……やだ」

くぐもった返事が聞こえる。しかし、さっきみたいに、強く拒んでいるふうではなかった。

「そりゃ、練習でできるのと、みんなの前でするのとは大違いだっていうのはわかるよ。多恵子さんみたいに、観客の前で踊るのに慣れているのならともかく、瑞希はそういう経験がないんだもの。プレッシャーは半端ないよな」

「わかってるなら、やらせないでよ」

呻くように告げられ、返答に詰まる。だが、ここはどうあっても、引き受けてもらうしかないのだ。

「じゃあ、誰がやればいいんだ?」

「……知らない」

「そんなことないだろ。やれるのは瑞希しかいないんだから。おれからも頼むよ。このとおり」

瑞希が見ていないのに、深々と頭を下げる。時間を置いて、こちらを向いていることを期待したものの、変わらず膝に顔を伏せたままであった。

そのとき、光則は気がついた。彼女のからだが、細かく震えていることに。

(え、怖いのか?)

佳美に教えられた話を思い出す。このお堂に入った瑞希が弁天像に怯《おび》え、オモラシをしたのだと。

今も自分からここへ入ったのに、灯籠の明かりに揺れる弁天像を見て、怖くなったのだろうか。そのせいで顔を上げられないのかもしれない。

(……いや、違うか)

性格は昔から変わっていなくても、もう子供ではないのだ。そんなものに怖がるはずがない。

(でも、オモラシをするところは見たかったかも)

普段が勝ち気なぶん、泣いてオシッコを漏らすところを目にしたら、かなり昂奮するのではないか。

変態的な願望が浮かび、光則はすぐさま打ち消した。そんな場合じゃないんだぞと、自らを叱りつける。

（そうさ。怖いのは弁天像なんかじゃないんだ）

メインで舞台に立つことが怖いのだ。勝ち気に見えて、本当の性格は真逆なのだから。

『瑞希ちゃんって、けっこう臆病だから——』

佳美の言葉が、胸にすとんと落ちる。そして、彼女が唯一突っかかれる相手である自分こそが、不安を受け止めてあげられるのだ。

説得できるのは枝嶋君だけと言った千尋も、瑞希の弱さを見抜いていたのかもしれない。そんなふうにも考え、ここは自らの役目を果たすべきだと決意する。

光則は瑞希の前にしゃがみ込んだ。

「おれは、瑞希の味方だから」

断言すると、彼女のからだから震えが消えた。ひと呼吸置いて、怖々というふうに顔を上げる。泣いてこそいなかったが目が潤み、灯籠の明かりをキラキラと反射させた。

「……どういう意味よ？」

いつもの喧嘩腰とは異なる、気の引けた感じの問いかけだった。

「サブの舞手だって、瑞希はしたくなかったんだろ？　それでも引き受けてくれたし、今だって、多恵子さんの代わりをしなくちゃいけないってわかってるんだと思う。そこまで頑張ってくれている瑞希を、おれは応援したいし、どんなことでもしてあげたいんだ」

普段の瑞希なら、光則からこんなことを言われようものなら、生意気よと怒り心頭であったろう。なのに、口許を歪め、またも泣きそうになる。

「何をしてくれるっていうのよ？」

声を震わせ、縋《すが》る眼差しを向けてくる。初めて見せられた心細げな態度に、胸が締めつけられるようであった。

（なんだ、すごく可愛いぞ）

愛らしさに惹かれていたのは確かながら、それは単に整った外見のみについてであった。今は幼なじみの内面から滲み出るものに、心を鷲掴みにされていたのである。

「瑞希がしてほしいことなら何でも」

答えると、彼女が下唇を嚙む。考えるように目を泳がせてから脚を崩し、ゆっくりと立ちあがった。

(え、それじゃ——)

引き受ける決心がついたのかと安堵する。光則もやれやれと立った。

ところが瑞希はその場から動かず、じっと見つめてくる。

「……何でもしてくれるんでしょ?」

やけに思い詰めた眼差しで確認され、怯みながらも「う、うん」とうなずく。

「じゃあ、キスして」

そう言って、彼女が瞼を閉じたものだから、光則は狼狽《ろうばい》した。

(え、き、キス!?)

しかも、明らかにくちづけを求めている。

どうしてこういう展開になったのかわからない。さりとて、理由を訊ねられる雰囲気ではないし、それが野暮な行為なのもわかる。

(ええい、しっかりしろ)

光則は自らを励ました。

長い睫毛《まつげ》が、かすかに震えている。年上の幼なじみは、勇気を振り絞っているのだ。

おそらく、メインの舞手を引き受けるために、普段ならできないことを課したのではないか。これができれば、舞台にも立てるはずだと。

瑞希の行動を、光則はそう解釈した。彼女のために、そして、祭を成功させるためにも必要なのだ。

（……まさか、キスしたら殴られるってことはないよな）

これは単なる罠《わな》で、手を出したのを口実に暴力に訴え、溜飲《りゅういん》を下げるつもりではなかろうか。光則が弁天祭を発案したせいで、やりたくもないことを任される羽目になったのだからと。

瑞希の性格を考えると、あり得ない話ではない。けれど、瞼を閉じたいたいけな面差しと、ふっくらして美味しそうな唇を間近にしたら、それでもいいと思えてきた。

たとえ、このあいだみたいにビンタをされても、密かに恋していた彼女とキスができるのなら本望だ。

これがお付き合いできるきっかけになればいいと期待しながら、美貌に顔を寄せる。漂う甘いかぐわしさと、かすかにこぼれる吐息が感じられるところまで接近したとき、閉じていた瞼がいきなり開いた。

「え――」

ギョッとして、動きが止まる。

「何してるの？」

咎められ、光則は混乱した。

（え、キスしろって言わなかったか？）

それとも聞き間違いか、あるいは勘違いをしていたのだろうか。うろたえる光則に、瑞希は不機嫌そうに眉をひそめた。

「キスをするときには、まず女の子を抱きしめるものでしょ」

言われて、そういうことかと納得する。大事な手順を飛ばしたものだから、彼女は怒ったのだ。

「そうだね。ごめん」

非を認めると、瑞希が再び目をつむる。光則はひと呼吸置いて、彼女の背中に腕を回した。

（ああ……）

胸に感動がこみ上げる。甘い香りがむせ返るほどに強まったのに加え、女体の柔らかさを感じたからだ。

今夜の瑞希はジーンズにトレーナーという、いかにも普段着という装いである。舞の練習のため、動きやすい格好で来たのだ。正直、見た目はまったく女らしさを感じさせない。

ところが、こうして抱きしめると、大人の女性であることを意識せずにいられなかった。

(瑞希も立派に成長したんだ)

そんなこと、とうの昔からわかっている。だが、頭で理解するのと実感するのは、雲泥の差であった。

情愛が息苦しさを覚えるほどにこみ上げる。それから、彼女を押し倒したいという欲望も。

(こら、落ち着け)

理性を奮い立たせ、劣情を抑え込む。今度こそと、気持ちを新たにして、光則は愛しいひとに唇を重ねた。

ふに——。

柔らかなものがひしゃげる感触に続き、温かな息をダイレクトに感じる。心臓がドキドキと壊れそうに高鳴った。

（おれ、瑞希とキスしてる）

ようやくここまでの関係になれたと、喜びが高まる。彼女が求めたのだからかまわないだろうと、わずかに開いた唇の隙間に舌を差し入れた。それだけ有頂天になっていたのだ。

「むー――」

瑞希が短く呻き、身を堅くする。それでも抵抗することなく、舌を受け入れてくれた。

おまけに、怖ず怖ずとだが、自分のものを戯れさせる。光則は感激した。

チロチロとくすぐり合うことで、全身が熱くなる。舌にまといついていた唾液はほの甘く、もっと飲みたくなった。

気がつけば顔を傾け、貪《むさぼ》るようなくちづけを交わしていた。

ピチャ……ちゅぱッ――。

重なった口許から、淫靡な吸い音がこぼれる。ふたりとも夢中で互いの口内を味わい、このまま続けていたら、キスだけでは我慢できなくなりそうだ。

「ふは――」

どちらからともなく唇をはずし、深く息をつく。見つめ合うと、澄んだ瞳に吸い込まれる気がした。

「え?」

不意に、瑞希が眉をひそめる。どうしたのかと訝った光則であったが、まずいと焦った。

いつの間にか、彼女のおしりを鷲摑みにしていたのだ。キスに没頭するあまり、無意識にからだをまさぐってしまったらしい。

「ど、どこさわってるのよ?」

なじられて、慌てて手を離す。身を剝がし、「いや、あの」と弁明しようとした次の瞬間、

「ヘンタイっ!」

罵られたのと同時に、強烈なビンタを喰らう。

「イテッ」

無様にひっくり返った光則が目撃したのは、身を翻してお堂を出ていく彼女の後ろ姿であった。

(……ああ、やっちまった)

ジンジンと熱い頰をおさえ、ため息をつく。せっかくいい感じだったのに、台

無しにしてしまった。

そればかりか、いっそう気分を害した可能性がある。

(これじゃあ、多恵子さんの代わりを引き受けてもらえないかも)

暗澹《あんたん》たる気分でお堂を出た光則であったが、舞台の前にいた女性たちを見て戸惑う。なんと、千尋と多恵子がニコニコ顔でこちらを見ていたのだ。

(あ、ひょっとして――)

頬が熱く火照《ほて》る。お堂の中で瑞希とキスをしたことを知っていて、からかわれるのではないかと思ったのだ。

「ご苦労様、枝嶋君」

千尋に礼を言われて面喰らう。

「え?」

「瑞希ちゃん、わたしの代わりを喜んで引き受けてくれるって」

多恵子に言われて、ようやくふたりの笑顔の理由がわかった。

「あ、そ、そうですか」

「わたしが見込んだとおりだったわ。枝嶋君なら、瑞希ちゃんを説得できるって信じてたもの」

そう言う千尋の後ろで、瑞希は仏頂面でそっぽを向いていた。とても喜んで引き受けたようには見えない。

（おれがしたのは説得じゃなくて、接吻《せっぷん》だったんだけど……）

さりとて本当のことは言えず、光則は「おれはべつに」と謙遜《けんそん》した。とりあえず結果オーライだなと、自分に言い聞かせて。

ただ、どうして瑞希がキスを求めたのかと考え、無性に落ち着かなくなる。

（ひょっとして、瑞希もおれのことを――）

互いに同じ気持ちなのかと、期待がふくれあがる。できれば本人に確認したかったけれど、違うと否定されるのが怖くて、何も言えない光則であった。

2

祭当日、妻洗町は晴天に恵まれた。

朝からお囃子《はやし》が聞こえて、自然と気分が盛りあがる。神輿が出る前に、男衆がお堂の前で早くも一杯やりながら、鉦《かね》や太鼓を鳴らしていたのである。子供たちも集まって、広場を駆け回っていた。

神輿を担ぐのは、町の女性たちだ。下は高校生から上は還暦近くまで、幅広い年齢層が集まった。

彼女たちがまとう揃いの法被は、かつて何かの催しのときにこしらえて、商工会の倉庫にしまってあったものである。足りないぶんは地元の会社が新たに発注し、寄贈してくれた。

誰でも参加できるようにと、法被以外の服装は自由だ。だいたいがTシャツにジーンズ、パンツといったラフな装いで、中には短パンで太腿をあらわにした女性もいる。

その統一感のなさが、いかにも手作りの催しという親しみやすさを感じさせた。飛び入り歓迎と謳《うた》ってあるから、参加者はさらに増えるであろう。

これまでになかった本格的な祭に、町民一同が期待し、楽しみにしていた。休日を当てたから、親戚《しんせき》を呼び寄せた家庭も少なくない。町の人口は、今日だけ三割は増えていたのではないか。他に、新聞やテレビの取材も来ていた。

そうやって見物が多ければ、ますますみんな張り切るというもの。

予定時刻ぴったりにお堂を出発した神輿が、お囃子や子供たちを引き連れて林道をくだる。勇ましくもなまめかしい掛け声が、かなり遠くまで聞こえた。

ふもとに下りると、そこの集落で酒やご馳走《ちそう》がふるまわれる。飲み食いして盛りあがり、担ぎ手とお囃子はますます張り切るし、沿道の歓声も大きくなった。神輿は県道を進み、途中途中の集落に立ち寄って休憩を取り、飲み食いをする。神輿のてっぺんには小さな弁天像が飾られており、それに手を合わせる年寄りもいた。なんだか、ずっと昔から行われている祭のようだ。

同じ頃、お堂前と、役場前の広場の両方に屋台が出ていた。それぞれにひとびとが集まり、飲んで食べて、祭の雰囲気を堪能する。

お堂脇の舞台では、地元出身の若者がバンド演奏をしたり、カラオケで歌を披露するなどして観客を楽しませた。そして、お堂の中では、豊満な弁天様が慈愛の微笑を浮かべ、お参りするひとたちを迎えた。

神輿が役場前に到着すると、町の発展を願う式典が開かれる。とは言え、堅苦しいものではない。

「ウイルスの心配がなくなった今こそ、町民一丸となって町を盛りあげていきましょう！」

町長が声を張りあげる。彼もだいぶ飲んでいたのだ。

祭で気分が高揚していたこともあって、その場にいたひとたちが拍手と喝采《かっさい》を送る。腕を振りあげて「いいぞっ！」と叫ぶ者もいた。それはまさに、町が一体となった光景であったろう。

発案者たる光則は、残念ながらそれを見られなかった。枝嶋酒店は、役場前とお堂前の二カ所で飲み物を売っていて、彼はお堂のほうにいたのである。祭の実行委員として、舞台や会場の様子を見守りながら。

ただ、町全体で雰囲気が盛りあがっているのは、そこにいてもわかった。

(弁天祭をやって正解だったな)

接客に汗を流しながら、己のアイディアを自画自賛する。

町の活性化に繋がったのはもちろん、店の売り上げも大いにアップした。今日この日を迎える前から、酒が飛ぶように売れていたのである。神輿の担ぎ手や、外からのお客にふるまうために、各家庭でもたくさん買ってくれたのだ。

もっとも、何よりも幸運だったのは、童貞を卒業できたばかりか、魅力的な年上女性たちとめくるめく体験ができたことであろう。

最初にこの場所で千尋と初体験をしたのは、祭の下見をするために来たときだ。多恵子と佳美とは、舞の振り付けと衣装のお願いに行って、誘惑されるかたちで結ばれた。

とは言え、終始受け身だったわけではない。佳美のときは、光則も積極的に求めたのである。好きな異性に告白もできないへたれな性格のため、長らく童貞だったにもかかわらず。

要は男として、ひと皮もふた皮も剝けたということなのだ。すべては弁天様のお導きだと、信心深くもないのに感謝の気持ちを抱く。

（ていうか、弁天像をこしらえたひいじいちゃんのおかげなのか）

物心がつく前に亡くなっているため、写真でしか顔を知らない曾祖父にも、胸の内でありがとうと述べる。お堂の掛け軸には豊年満作とあったが、光則にとっては女体満作であった。

となると、残るは子孫繁栄であるが、それには生涯の伴侶《はんりょ》が必要だ。

（おれはやっぱり瑞希と――）

隣の屋台にいる年上の幼なじみに、チラッと視線を向ける。それは商工会が出した屋台で、彼女は焼きそばを作っていた。

本当は、女神輿にも参加する予定だったのである。ところが、多恵子の件もあり、怪我でもしたら大変だと、安全なところを任された。本人は料理があまり得意ではないようで、見るからに四苦八苦している。

だが、そんなところも、やけに可愛い。

（……おれ、瑞希とキスしたんだよな）

一昨日の晩のことは、鮮明に憶えている。そのときは夢中だったものの、あとで唇の柔らかさや、唾液と吐息のほの甘さも脳裏に蘇らせ、たまらなくなった。当然ながら、彼女をオカズにオナニーをしたのである。

ただ、揉み撫でたはずのヒップの感触だけは、よく思い出せなかった。

どうして瑞希がくちづけを求めたのか、はっきりした理由はわからない。けれど、嫌いな男にそんなことをさせるはずがないし、きっと自分のことを好きなのだと信じたかった。

ただ、過去からの言動を振り返ると、間違いなくそうだと言い切れないところが大きい。何しろ、いじめられ、罵られた記憶がほとんどなのだ。

そのため、からかわれただけではないのかという疑念を捨てきれない。最後にビンタをされた上に、彼女は何事もなかったかのように、メインの舞手を引き受けたのだから。普段から下に見ている幼なじみを困らせ、煙に巻くつもりで、駄々をこねたとも考えられる。

祭が終わったらはっきりさせよう。光則は決心した。

たとえ拒まれてもいい。絶対に告白するのだ。何もしないで後悔するよりは、たとえ玉砕しても気持ちを伝えるべきである。そのほうがスッキリする。

さりとて、気になることもあった。

（瑞希って、何人の男とキスしたことがあるんだろう……）

舌を入れたら応じてくれたし、相応に経験を積んでいると思われる。そうなれば、当然セックスも。

瑞希の上を通り過ぎた、名前も顔も知らない男たちに、光則は嫉妬《しっと》した。自分は彼女を昔から知っているのに、先を越されたことがやり切れない。

ひとり心を乱す光則のことなど、瑞希は眼中にないらしい。金属のへらをカチャカチャと鳴らし、ひたすら焼きそばと格闘していた。

日暮れ間近になり、神輿がお堂に戻ってくる。大勢の観客を引き連れて。

灯籠の蠟燭《ろうそく》が、広場の景色を控え目に浮かびあがらせる。眼下に望む町の明かりは、空にまたたく星と似ていた。

いよいよ祭もクライマックス。舞が奉納されるのである。

舞台に照明が当てられる。それは正面ではなく背後からで、やや上向きの光だった。これは、多恵子のアドバイスによるものである。

後ろから光を当てることで衣装の透明感が増し、舞手もシルエットになってより幻想的になる。また、上向きなら観客を照らさず、見ているひとの顔がわからない。ステージ慣れしていない瑞希も、緊張しないで済む。

舞に先立って、千尋が実行委員会を代表して挨拶をする。日が暮れたあとでも映える、淡い桜色の着物姿で。そのまま舞に加わるための装いは、妻洗弁天にも通じる母性を感じさせた。

女性がメインの祭だからこそ、締めの挨拶は彼女になったのである。

「本日は、妻洗弁天祭に多数ご参加いただき、誠にありがとうございました」

恭しく頭を下げた千尋に、広場に集ったひとびとから拍手が送られる。

「なにぶん、初めての試みであり、至らない点も多々あったかと存じます。改めるべき点は改め、また、新しいものもどんどん取り入れ、この祭が妻洗町の伝統となることを願ってやみません。それは、わたしたちのふるさとである妻洗町が、今後も発展し続けることでもあります。今日のように、町民がひとつになれる祭を、町民一丸となって続けていこうではありませんか」

さらに盛大な拍手が沸き起こる。舞台の裏にいた光則は、胸にこみ上げるものを感じた。

（ああ、祭もとうとう終わるのか……）

あとは舞を奉納するだけだ。家の酒が売れればいいと、下心から提案された催しが、間もなくフィナーレを迎える。幸いにも事故などなく、町のみんなが一日を楽しんでくれたようだ。

（いや、これが終わりじゃないんだぞ）

妻洗弁天祭は来年も、再来年も、未来永劫《えいごう》まで続くのである。自分たちが年老いて、この世から消えたあとも、自分たちの子供が、孫が、曾孫たちが、引き継いでくれるはずだ。

そうなるように、この祭をより良いものにしていく必要がある。

今日がその第一回目。伝統は始まったばかりだ。まだまだ頑張らなくちゃと、光則は決意を新たにした。

「それでは、祭の最後に舞を納めさせていただきます。舞手は霧谷瑞希さん、奈良橋多恵子さん、そして、わたくし澤村千尋も、末席を汚させていただきます。どうぞ最後までご覧ください」

拍手が起こる。いよいよだ。

「それじゃ、出るわよ」

背後で声がする。振り返ると、衣装に着替えた多恵子がいた。その後ろには瑞希も。

「よろしくお願いします」

光則が頭を下げると、多恵子が「任せて」と笑顔を見せる。本業のダンスでステージ慣れしているだけあって、余裕が感じられた。

一方、瑞希は顔が強ばっている。かなり緊張しているのは明らかだ。

「それじゃ、音楽をお願い」

「わかりました」

アンプに繋いであるプレーヤーを操作すると、スピーカーから和楽器の厳かな演奏が流れ出す。

チリーン、チリーン……。

聞こえてくる鈴の音は、舞台上の千尋が鳴らしている。彼女は他に、舞手のふたりを手招きするなどして、全体を見守る役割だった。

先に舞うのは多恵子である。階段を音も立てずに上がり、そろそろと足を進める。あたかも姫の先を行く従者が、舞台上の安全を確認するかのような動きだ。

その姿を、瑞希が舞台下でじっと見つめる。

「だいじょうぶか？」

光則が声をかけると、彼女はチラッとだけこちらを見て、無言でうなずいた。

身にまとうのは、例の透ける衣装。ヒラヒラしたものが幾重にも覆っているため、近くだと肌はそれほど見えない。

ところが、舞うことで薄手の布がなびき、セクシーな見世物となる。優美な所作とも相まって、観客の目を捕らえて離さないはずだ。

音楽が変化する。瑞希の出番だ。

「頑張れ」

光則の小声の励ましが聞こえなかったのか、彼女は真っ直ぐに前を見据えたまま、階段を上がった。

（え？）

ギョッとして目をこする。見間違いかと思ったのだ。けれど、もう一度確認しようとしたときには、幼なじみは舞台上であった。

（瑞希、ノーパンじゃなかったか？）

衣装の下に、何も着けていないように見えたのだ。

多恵子が衣装をまとって舞うところを、光則は前に見せてもらった。そのとき、彼女は上下に肌色のインナーを着けていた。まるで素肌が透けているかのようで、ドキッとさせられたのである。

よって、瑞希も同じものを着用するのだと思っていた。

(——やっぱり穿いてない)

舞台に上がった彼女の後ろ姿に、間違いないと判明する。

重なった部分がめくれて、薄布に透けるおしりの割れ目がくっきりと見えたのだ。さらに、こちらを向いたとき、紅色のバストトップも確認できた。

背後からの照明で、舞台の前にいる観客には、瑞希がノーブラでノーパンだとはわかるまい。気がついたのは、後ろにいる光則だけのようだ。

(肌色の下着を用意してなかったのか?)

だからと言って、素肌にそのまま着るだろうか。スケスケの衣装を、あんなに嫌がっていたのに。

しかも、一昨日や昨日の練習のとき以上に、気持ちが入り込んでいるようだ。表情と眼差しに、それが現れている。観客も固唾《かたず》を呑んで見守っているのが、舞台の後ろにまで伝わってきた。

（すごいぞ、瑞希）

女性らしさとエロティシズムの溢れる舞が、光則の目にはいっそ煽情的に映った。視線はどうしても、透ける乳房やヒップに注がれてしまう。一度、股間の翳《かげ》りがチラッと見えたときには、心臓が壊れるかというぐらいに高鳴った。

（エロすぎるよ、これ……）

光則は堪えようもなく勃起した。

3

祭が終わり、撤去作業が行われる。屋台のテントなどを畳み、レンタルしたコンロや調理器具などは、いったんお堂の中へしまわれた。

明日、商工会や実行委員会のメンバーが集まり、片付けをすることになっている。そのあと、慰労の宴も計画されていた。

みんなが帰ったあとの静まりかえったお堂で、物品の点検を終えた光則は、ふと弁天像を見あげた。

薄明かりの中、ところどころが剝げた金箔を鈍く光らせる彼女は、いつになく優しい面差しに見える。盛大な祭を開いてもらい、感謝しているようでもあった。

（また来年、よろしくお願いします）

胸の内で頭を下げる。とは言え、一年も放っておくつもりはない。これからはたびたび訪れて、お堂も含めてきちんと手入れをしようと思った。

妻洗弁天祭は、夕方のローカルニュースで取り上げられたらしい。メインは女神輿で、画が映えるから視聴者の目にもとまったのではないか。また、明日の地方紙にも載せてもらえることになっている。

それらを見て興味を持ち、余所から弁天像を拝みに来る者もいそうだ。下の県道に、案内板を出したほうがいいかもしれない。また、町の老人会にお願いして御守りを作ってもらい、ここで売ったらどうだろう。

そんな計画も浮かんで、胸がはずんでくる。祭以外でも、弁天像は町の活性化に繋がりそうだ。

祭が終わったあと、関係者一同が集まって、一杯だけ祝杯を挙げた。みんな大成功だったと喜んでおり、気分も高揚していた。

そして、千尋がこそっと耳打ちしたのである。

『今夜ぐらいは、ダンナにハッスルしてもらわなくっちゃね』

それが何を意味するのか、艶っぽい目つきからも明らかだった。酔っていてもかまわず、営みを求めるつもりらしい。

他にも、女神輿の勇ましい姿を見て、女房に惚れ直したなんて声も聞こえた。祭の余韻の中、あちこちの閨房《けいぼう》で後夜祭なんてことになれば、少子化も解消されるであろう。なんていうのは、さすがに甘い考えであろうか。

(そっか……千尋さん、今夜は旦那さんに抱いてもらうのか)

夫婦が仲睦《なかむつ》まじいのはいいことだ。けれど、童貞を捧げた女性だけに、光則は複雑な気分であった。

(もしかしたら、多恵子さんも今夜――)

と、妄想がさらにふくらむ。彼女の奉納の舞を夫も見て、セクシーさにムラムラした可能性がある。

もっとも、多恵子に関しては、夫婦生活は定期的にしていると聞かされたのだ。祭は関係ないと知りつつも、今夜はきっとと想像してしまう。

さらに、光則は今日、佳美が同い年ぐらいの男性と、一緒にいるところを目撃したのである。

見覚えのない顔だったし、町の人間ではなさそうだ。親戚とも考えられるが、どことなくいい雰囲気だったし、新しくできた恋人ではなかろうか。

山の小屋でセックスをしたとき、彼女は長らく男と接していない様子であった。けれど、ひと回りも年下の男とふれあったことがきっかけで、再婚への意欲が芽生えたのではないか。

だとすれば、光則の手柄とも言える。なのに、素直に喜べないのは、一度交わっただけで終わったせいなのだ。

加えて、自分にはまだ、恋人がいないから。

（おれは、やっぱり瑞希と……）

愛しいひとの顔が浮かんだとき、

「何をしてるの？」

背後から声をかけられ、心臓が止まりそうになった。

「え？　あっ」

振り返り、大いにうろたえる。たった今、思い浮かべたばかりの女性――瑞希がそこにいたからだ。

「ああ、いや、最後に点検を」

「そう」

うなずいて、彼女が後ろ手で扉を閉める。どことなく落ち着かない足取りで、こちらに向かってきた。

「あ、そうだ。奉納の舞、お疲れ様。とってもよかったよ」

光則がねぎらったのは、気まずさを覚えたからだ。こんなところでふたりっきりになって、どうすればいいのかわからなくなったためもあった。

「ああ、うん……」

「本当は、終わったあとで言いたかったんだけど、すぐ着替えに行っちゃったからさ」

瑞希たちの舞も、観客の拍手と歓声を浴びた。アンコールの声が上がりそうな雰囲気もあったが、そういう種類の出し物ではないと、見ているひとたちもわかっていたのだろう。

それでも、拍手はかなり長く続いた。

「みんなもよかったって言ってたし、おれも感動したよ。急な交代だったのに、あそこまで完璧にやってくれて、感謝もしてるんだ。本当にありがとう」

お礼の言葉に、彼女は照れくさそうに目を泳がせた。

「そりゃ、わたしがやるしかなかったんだし、仕方なくやったまでよ」

瑞希らしい受け答えに、光則は頬を緩めた。すると、

「なに笑ってるのよ?」

と、睨みつけられる。

「そう言えば、どうして舞のとき、インナーを着けなかったんだ?」

気になっていたことを質問すると、彼女が焦りを浮かべた。

「な、なんで知って――」

どうやらバレていないと思っていたらしい。だが、光則がいた場所を思い出したようで、悔しげに口許を歪めた。

「あんた、わたしの恥ずかしいところが見たくて、あんなところにいたの?」

「ち、違うよ。おれは音楽を頼まれてたし、もともと裏方だから」

「ふん、どうだか」

忌ま忌ましげに眉をひそめ、それでも理由を説明する。

「多恵子さんに相談したのよ。どうしたら多恵子さんみたいに、色っぽく踊れるのか。そうしたら、インナーを着けなければいいって言われたの。自然と恥じらいが溢れて、色気が出るんだって。照明を後ろから当ててるから、見ているひとにはわからないし」

そう言って、瑞希がまた睨んでくる。

「それがまさか、光則のヘンタイに見られるなんて」

「ヘンタイってことはないだろ。あそこにいたら、自然と見えちゃったんだよ」

「本当かしら」

そっぽを向いた彼女に、光則は率直な感想を告げた。

「だけど、すごく色っぽかったよ。いや、見えた見えないじゃなくて、おれは瑞希の舞に心から惹かれたんだ。上手だったし、セクシーだったし、正直、ずっと見ていたかったぐらいだよ」

「ば――な、なに言ってるのよ⁉」

顔を赤くして恥ずかしがる幼なじみに、愛しさがこみ上げた。今なら、秘めていた気持ちを伝えられる。

これも三人の女性たちとセックスをして、男として成長できたおかげだ。

「いや、惹かれていたのは、もっと前からだよ」

「え?」

「おれ、瑞希のことが、ずっと好きなんだ」

口にするなり、耳が熱くなる。初めての告白に、不安と後悔がまとめて押し寄せてきた。

「ば、バカっ！」

いきなり罵声を浴びせられ、面喰らう。あ、やっぱり駄目なのかと泣きそうになったとき、

「そんなこと言ったら、ほ、本気にしちゃうじゃない」

瑞希も涙目になったことで、気持ちが通じ合ったのを理解した。

「本気にしていいよ。おれも本気だから」

「光則……」

顔をくしゃっと歪めた彼女が、胸に飛び込んでくる。光則はすぐさま強く抱きしめた。

「好きだよ。大好きだ」

「……わたしも」

望んでいた返事を嗚咽《おえつ》交じりに聞かされ、喜びで胸がはち切れそうになる。光則は、愛しいひとにくちづけた。

「ん……ンぅ」

瑞希が切なげに身をくねらせる。

同じ場所での、二度目のキス。けれど、このあいだよりも、お互いの気持ちがしっかりと繋がっていた。

迷うことなく舌を差し入れ、彼女のものに絡ませる。甘くてトロッとした唾液をもらい、喉も心も潤した。

しかしながら、このあいだのようにからだをまさぐることはない。またビンタをされてはたまらないからだ。

キスの続きを求めたのは、瑞希であった。

「え、ここで?」

光則が確認すると、「そうよ」とうなずく。

「時間を置いたら、光則がわたしを好きじゃなくなっちゃいそうなんだもの」

もちろんそんなことはないが、光則も彼女が欲しくなっていた。それに、ふたりの関係を確固たるものにしたい。

「わかった。それじゃ——」

商工会で用意した物品の中に、救護用のマットレスがあったのを思い出した。万が一、具合が悪くなったひとがいたら、休ませるためのものだ。

それを敷いて、ふたりで横になる。

「瑞希」

改めて名前を呼ぶと、彼女が顔を背けた。急に恥ずかしくなったらしい。

「ねえ、脱いでよ」

「え？」

「下だけよ。こんなところで裸になれないから」

念のため、扉には内側から鍵《かぎ》をかけてある。だが、この時間に、ここまでひとが来るなんてあり得ない。

おそらく、誰かに見られたら困るというのではないのだ。自分の部屋でもないところで、あられもない姿を晒せないのだろう。

「わかった」

気が逸っていたためもあり、光則は寝転がったまま、そそくさとズボンを脱いだ。中のブリーフごとまとめて。

濃厚なくちづけと、瑞希と恋人同士になれたことで昂り、分身はすでに硬くなっていた。それを見せるのは恥ずかしく、すぐに両手で隠したのであるが、

（え？）

彼女が上半身を起こし、その部分を覗き込んできたものだから戸惑う。しかも、自分は脱ごうともしないで。

「瑞希は脱がないの？」

問いかけに、訝る目が向けられる。

「こういうときは、男が先に脱ぐものでしょ」

そんなエチケットは聞いたことがない。しかしながら、彼女の中ではそれが一般常識なのか。

いちおう向こうは年上だし、ここは素直に受け入れることにする。それでも、手を乱暴に振り払われたのには、さすがに顔が熱くなった。おまけに、

「え、もうこんなになってたの？」

と、目を丸くされてしまっては。

「しょうがないだろ。好きなひとといっしょにいたら、男はみんなこうなるよ」

光則の弁明に、瑞希は「そうなの？」と、他人事みたいに返した。頭部を赤く腫《は》らして反り返る、武骨な肉器官を見つめたまま。

「でも……けっこう大きいんだね」

感心した口振りで言われ、居たたまれなくなる。

（いったい、誰のと比べてるんだよ）

これまでセックスをした男のペニスと比較して、褒めてくれているのか。

「あうっ」

光則は呻き、背中を浮かせた。柔らかな手指が、いきなり牡のシンボルを握ったのである。

「わ、硬い」

子供っぽいストレートな感想に、顔が火照る。

（瑞希がおれのチンポを――）

好きだと告白したその日に、こういうことになるなんて。

幸いなことに、彼女は握り手に強弱をつけるだけで、上下に動かさなかった。そこまでされたら、早々に爆発したかもしれない。

とは言え、見開かれた目がキラキラと輝き、漲りきった男根を観察するのだ。無邪気な視線を浴びるだけで、イッてしまいそうだ。

「もういいだろ」

声をかけたのは、尿道を熱い粘りが伝う感覚があったからだ。先汁を発見しようものなら、昂奮しすぎだとからかわれる気がしたのである。

「え？　あ、うん」

瑞希が屹立からパッと手を離す。夢中で見ていたのが、今さら恥ずかしくなったみたいに。

「じゃあ、今度はおれの番だ」

身を起こすと、彼女が戸惑いを浮かべる。何をされるのか、まったく理解していないふうに。それでも、

「ここに寝て」

指示すると、素直に従う。仰向けで寝そべり、光則が着衣に手をかけても抗わなかった。脱がされる覚悟をしていたようだ。

穿いていたのは、七分丈の白いパンツだった。意外とむっちりした下半身を目にしたら、舞の衣装をまとった姿が自然と浮かんできた。

臀部や乳首、陰毛が薄布に透けていたのは目撃した。いよいよそれらを、ナマで拝むことができるのだ。

「おしりを上げて」

ボトムの前を開いてから告げると、瑞希が怖ず怖ずと腰を浮かせる。本当は一枚ずつ脱がせるつもりであったが、パンツがぴったりタイプだったため、下着も

ずり下がってしまった。

だったらと、まとめて奪い取る。

「ああーん」

彼女が咎めるように嘆いたのもかまわず、下半身すっぽんぽんにする。これでおあいこだ。

ふわ――。

酸味を含んだ乳くささが漂う。薄明かりでも白さが際立つ若い肌と、秘められた部分の芳香に違いなかった。

（ああ、いよいよ）

自分もエレクトしたペニスを見られ、しかも握られたのである。こちらにも見る権利があると、光則は閉じかけた膝を離した。

「うう」

瑞希は羞恥に呻いたものの、抵抗しなかった。

ヴィーナスの丘に逆立つ秘毛は黒々としていた。但《ただ》し、範囲は広くない。真下の恥裂は、両側に短い縮れ毛がわずかにあるだけだ。

そのため、花弁の端っこがわずかに覗く佇まいを、何にも邪魔されずに観察できた。

（可愛い……）

そんな感想を抱いたのは、好きな女性の秘部だからなのか。だが、全体にちんまりしており、色素の沈着もほとんどない。合わせ目がわずかに赤らんでいる程度である。

光則は胸をときめかせ、身を屈めてその部分に魅入った。

「――ねえ」

声をかけられ、ドキッとする。顔を上げると、頭をもたげた瑞希が、こちらをじっと見ていた。

「な、何？」

「……わたしのそこ、ヘン？」

形がおかしいから凝視していると思ったのか。

「いや、そんなことない。すごく可愛いよ」

「可愛い？」

彼女が眉間にシワを刻む。褒められるようなところではないと言いたげだ。

「光則は、他の女のオマンコを見たことがあるの？」

禁断の四文字を口にされても、千尋や多恵子に言われたときほど、いやらしさを感じなかった。単に事物を指す名称として、その言葉を選んだだけだとわかったからだ。

「うん、まあ」

「誰の？」

「誰のって……えと、ネットで」

「ふうん」

瑞希がつまらなそうにうなずく。

ネットでなどと、実物を見たことがない童貞みたいに答えたのは、千尋たちとの関係がバレるのを恐れたためである。実際、瑞希も誰のものを見たのか、知りたかったようだし。

とにかく、余計なことを探られてはまずい。光則は追及をかわすべく、蜜園に口をつけた。

「え、ちょっと」

瑞希が抗う。脚を閉じ、光則の頭を内腿で挟み込んだ。

しかし、それほど強い抵抗ではなかった。

（これが瑞希の――）

チーズを思わせる秘臭は、悩ましくもかぐわしい。鼻奥に引っかかるオシッコの残り香も好ましかった。

ずっと好きだった女性の、究極の秘密を知ったことで、ますます愛おしくなる。ようやく願いが叶ったという思いがそうさせたのか、幼い頃から現在までの彼女が、脳裏に次々と浮かんだ。

では、味はどうだろうと、舌を恥割れに這わせる。ほじるようにねぶると、若腰がピクンとわななないた。

「いやぁ、く、くすぐったいぃー」

甲高い声が、お堂内に反響する。

千尋のように、洗っていない女芯を舐められることに抵抗はないらしい。それとも、そんなことに思いを巡らせる余裕がないのか。

ともあれ、クリトリスを狙って舌を躍らせても、瑞希はくすぐったがるだけであった。

「ダメダメ、あ、ほ、ホントにくすぐったいんだってば」

二十六歳と大人の女性でも、クンニリングスの快感を知らないと見える。

（ひょっとして、あまり経験がないのかな？）

これまで付き合った男は、ここに口をつけなかったのだろうか。秘核への刺激にも慣れていないようだし、オナニーの経験もなさそうだ。

もっとも、居丈高で、しおらしいところのなかった言動を振り返ると、彼女らしいなと思えた。

「ね、ね、お願い……やめて」

訴える声が苦しげだったので、光則は仕方なく口をはずした。

「はっ――ハァ」

瑞希が天井を見あげ、胸を大きく上下させる。添い寝して顔を覗き込むと、しかめっ面で睨んできた。

「……バカ、ヘンタイ。なんだってオマンコなんか舐めるのよ」

罵倒交じりのクレームに、光則もいささかムッとした。

「普通だろ、こういうの」

「わたしには普通じゃないのっ」

やはり舐められた経験がないらしい。いや、舐めさせなかったのか。

「余計なことをしなくていいから、これ、さっさと挿れちゃって」

反り返る秘茎を、しなやかな指が摑む。光則は「うう」と呻き、その部分を脈打たせた。

「ほら、さっきよりも硬くなってるじゃない。光則だって挿れたいんでしょ」

「う、うん」

「だったら、すぐにしなさい」

こんなときでも命令口調の瑞希に、やれやれと思う。このまま一生、尻に敷かれっぱなしなのではないか。

だが、それでもいい。

(惚れた弱みってやつかな)

自虐的なことを考えつつ、交わる体勢になる。彼女が両膝を立てて開くと、そのあいだに腰を入れた。

導いてくれる様子がなかったので、光則は分身の根元を握り、入るべきところを探った。穂先で縦割れをこすると、クンニリングスの名残の唾液でヌルヌルとすべる。

(もうちょっと濡らしたほうがいいんじゃないか?)

思ったものの、こちらを見あげる幼なじみは眉をひそめ、早くしなさいと無言で命じていた。少しも待てない様子である。

（だったらいいか）

意を決して腰を進める。クレバスに亀頭がもぐり込むと、すぐに関門があった。

「く――」

瑞希が顔を歪める。ちょっとつらそうだ。

「だいじょうぶ？」

心配して声をかけると、キッと睨まれた。

「平気よ。早く挿れて」

「うん……」

どうやら膣の入り口が狭いようだ。いや、全体に小さいのかもしれない。ならば、挿入したら全体にぴっちりと締めつけられ、かなり気持ちいいのではないか。期待もこみ上げ、光則は自然と鼻息が荒くなった。

それでも、性急にならぬよう、力を加えては緩めるを繰り返す。

「あ……あん」

彼女の喘ぎ声がはずむ。入り口を突かれるのは快いようだ。表情も和らぎ、女らしい色気が垣間見《かいまみ》られた。

（ああ、可愛い）

愛しいひととひとつになりたい気持ちがふくれあがる。頃合いを見て、光則は一気に腰を沈めた。

「あああっ！」

ひときわ大きな声がほとばしったとき、強ばりは熱い締めつけを浴びていた。

（うわ、本当にキツい）

そして、たまらなく気持ちがいい。うっとりする快感に、からだがブルッと震えた。

ところが、瑞希が涙をこぼしているのに気がついて、それどころではなくなる。

「え、どうしたんだよ？」

経験が浅い身ゆえ、やり方が間違っていたのかと不安になる。すると、

「……痛い」

嚙み締めるようなつぶやきが唇から洩れた。

「痛いって？」

「は、初めてなんだから、しょうがないでしょ」

キレ気味に告げられ、光則は軽いパニックに陥った。

「じゃあ、処女だったってこと?」

「そうよ」

「いや、どうして!?」

「どうしてって、どういう意味よ。わたしが誰とでもほいほい寝るような、軽い女だと思ってたの?」

「いや、そういうわけじゃないけど……」

「わたしは、好きな男としかしないって決めてるの」

きっぱりと言い放った彼女の面差しには、一途《いちず》な想いが溢れていた。

「じゃあ、ずっとおれのことを?」

「そうよ」

「いつから?」

「わかんない。忘れた」

ぷいと顔を横に向けた瑞希の頬が、赤く染まっている。それ以上、恥ずかしいことを訊くなと言いたげだ。

忘れたということは、かなり前からなのだろう。あるいは子供時代に、年下の幼なじみへの恋心が芽生えていたのか。

しかしながら、光則はずっといじめられてきたのである。

「ひょっとして瑞希って、好きな子をいじめたくなるタイプなの？」

この指摘に、彼女は狼狽をあらわにした。

「し、知らないわよ」

否定したが、やはりそうなのだ。異性を意識しはじめる年頃の少年が、気になる女の子にちょっかいを出すのと同じように、素直な感情を表に出せなかったと見える。

それとも、拒まれるのが怖くて、わざと粗暴に振る舞ったのか。弁天像を怖がり、オモラシをしたぐらいである。本当は臆病なことを、瑞希は好きな男の子に知られたくなかったのかもしれない。

その性格は、今も変わっていないのだろう。

そんな彼女が、奉納の舞を引き受けたのだ。かなりの勇気が必要だったはずだ。しかも、色っぽく見せるために下着をつけなかったのは、

（……おれのためだったんだな）

光則が頭を下げて頼んだから、何としても成功させねばと決意したのではないか。あのとき、くちづけを求めたのは、勇気を出すために必要だったのだ。

生意気だけど不器用で、素直じゃないところも愛おしい。情愛がこれまでになくふくれあがる。

「瑞希」

名前を呼ぶと、彼女がこちらを向く。目が泣きそうに潤んでいた。

「な、なによ」

光則は無言で唇を塞いだ。

「む――」

一瞬だけ強ばった肢体が、すぐにほぐれる。瑞希は甘えるように鼻を鳴らし、しがみついてきた。

柔らかなからだを抱きしめ、唇を貪る。舌を戯れさせ、こぼれる息も唾液も、洩らさず吸い取った。彼女のすべてを体内に取り入れたい気分だった。

「ぷはっ」

くちづけをほどき、瑞希が息をはずませる。目許《めもと》が泣いたあとみたいに濡れていた。

「愛してるよ、瑞希。本当に大好きだ」

万感の思いを込めて告げると、彼女はまた泣きそうになった。

「バカ……」

弱々しくなじり、クスンと鼻をすする。すべてを捧げてくれた幼なじみを、一生大切にするのだと、光則は心に誓った。

「まだ痛い？」

「ん……そんなでもない」

「動いてもいい？」

「いいよ」

年下の男の首っ玉に、瑞希が腕を回す。

「光則のを、わたしの中にいっぱい注いで」

バージンでも、男女の行為がどんなものか、ちゃんと理解しているのだ。もう大人なのだから当然である。

「わかった」

光則はそろそろと腰を引き、再び戻した。

「つぅうう」

苦しげに呻きつつ、彼女はやめてと言わなかった。健気《けなげ》さにも胸打たれ、スローな抽送で愛しいひとの中を味わう。

(ああ、よすぎる)

細かなヒダが感じられる。筒肉にまといつくそれが、敏感なくびれをくちくちと刺激して、快感に腰が砕けそうだ。

「瑞希の中、すごく気持ちいいよ」

「ば、バカ。言わないで」

息をはずませる彼女は、痛みを訴えなかった。だいぶ馴染《なじ》んできたようで、出し挿れがスムーズになる。愛液も溢れてきたらしい。

「あ……あ、ンぅ」

悩ましげな喘ぎがこぼれる。まだ違和感が大きくても、多少は快さも得ているのだろうか。

(さすがに、初めてで感じるわけがないか)

オナニーの経験もなさそうだし、二十六歳にしてボディは未開発と見える。それだけ純粋で、純情だったのだ。

だったら、自分が女の歓びに目覚めさせればいい。

ぬちゅ……クチュ——。

交わる性器が淫靡な音をこぼす。それを聞かれまいとしてか、瑞希が両脚で牡腰を抱え込んだ。

「ねえ、まだなの?」

急かしたのは、初めてのセックスが照れくさくて、早く終わってほしかったからに違いない。

「もうすぐだよ」

実際、光則はかなりのところまで高まっていた。もっと長く彼女と繋がっていたくて、爆発を抑え込んでいたのである。

しかし、もう限界であった。

「あ、で、出るよ」

オルガスムスの波が襲いかかり、腰づかいがせわしなくなる。

「あ、あ、あ、光則ぃ」

瑞希の呼びかけを耳にしながら、光則は頂上へと駆けあがった。

「ううう、いく」

めくるめく愉悦の中、熱い体液をびゅるびゅると解き放つ。愛しい女性の深いところへ。

「ああーん」

瑞希が切なげに総身を震わせた。

4

屋台の物品の中に、ウェットティッシュがあった。それで股間を拭おうとしたところ、

「わたしがするから」

瑞希に奪い取られてしまった。

「あ、ううう」

射精後で敏感になっているペニスを濡れ紙で清められ、くすぐったい悦びに身をよじる。

「ふうん。こういうのも気持ちいいんだね」

彼女は感心したふうにうなずき、弱点であるくびれまで丁寧にこすった。

「ああぁ、み、瑞希」

光則は手足をジタバタさせた。それが面白いのか、瑞希がにんまりと白い歯をこぼす。

「ふふ。光則って可愛い」

好きな子だからいじめたいというより、もともと男を手玉に取るのが好きなのではないか。事実、牡の急所もやわやわと揉み、中にあるものを確かめた。

「へえ、これがキンタマなのか」

いたいけな少女みたいに好奇心をあらわにされ、光則のほうがいたたまれなくなる。それでいて、快い刺激で海綿体が充血し、軟らかくなりかけた器官がそそり立った。

「え、また硬くなったの？」

瑞希が目を見開き、屹立を握る。

「しょうがないだろ。瑞希が気持ちよくしてくれたんだから」

「べつに、そんなつもりじゃなかったんだけど」

彼女は眉をひそめつつも、手指に強弱をつけた。脈打つものをじっと見つめ、不意に感慨深げな面差しを浮かべる。

「しちゃったんだね、わたしたち……」

ようやく願いが叶った嬉しさだけでなく、ふたりの関係がどうなるのかという不安もあるようだ。

光則はすぐにでもプロポーズをしたかった。けれど、勃起を握られたままでは真面目なことを口にしづらい。代わりに、

「処女だったわりに、おれのそこを見ても平気だったよね？」

ふと気になったことを訊ねた。

「勃起したチンポの画像なんて、ネットにいくらでもあるじゃない」

露骨な発言を返される。興味があって、あれこれ調べたらしい。

「だから、こういうのだって知ってるんだからね」

瑞希がいきなり顔を伏せ、手にした肉根を頬張る。光則は慌てた。

「お、おい——あ、あああっ」

チュウと吸われて、舌を巻きつけられる。強烈な快感が背すじを走り抜けた。

（瑞希が、おれのを口で……）

信じ難いが、現実だった。いつかこうなる日を夢見て、男を喜ばせる方法を学んでいたのだろうか。

もっとも、思うままに強ばりを吸いたて、ペロペロと舐め回すという、いっそ子供じみたフェラチオだ。経験がないのだから仕方がない。

それでも、好きなひとにしゃぶられる感動が、愉悦を後押しする。光則は時間

をかけることなく、頂上へと至った。

「あ、いく。出るよ」

焦って告げても、口ははずされない。それどころか、射精を急かすようにチュパチュパと吸われる。

「あああ、で、出る」

濃厚な牡汁を、光則は勢いよく噴きあげた。

口内発射されたものを、瑞希は余さず呑み込んだようだ。自分からそうしたのに、口をはずすと顔をしかめ、

「美味しくない」

と、彼女らしく率直な感想を述べる。

弁天像が慈愛の微笑を浮かべ、そんなふたりを見守っていた。

三交社 文庫
SEJ-053

人妻弁天まつり

2022年6月15日　第一刷発行

著　　者　橘 真児
発 行 者　岩橋耕助
編　　集　株式会社メディアソフト
〒110-0016
東京都台東区台東4-27-5
TEL. 03-5688-3510（代表）　FAX. 03-5688-3512
http://www.media-soft.biz/
発　　行　株式会社三交社
〒110-0016
東京都台東区台東4-20-9　大仙柴田ビル2F
TEL. 03-5826-4424　FAX. 03-5826-4425
http://www.sanko-sha.com/
印　　刷　中央精版印刷株式会社
装丁・DTP　萩原七唱

ISBN978-4-8155-7553-3